TAKE
SHOBO

冷徹軍人皇帝の一途な純愛

みそっかす姫はとろとろに甘やかされてます

すずね凜

Illustration
すがはらりゅう

JN053022

蜜猫
MitsuNeko

contents

イラスト／すがはらりゅう

冷徹軍人皇帝の一途な純愛

みそっかす姫はとろとろに甘やかされてます

序章

　大陸の東の外れの山間部に位置するモロー王国は、歴史は古いが人口三万にも満たない小さな国である。鉱山から採掘されるいくばくかの石炭や鉱石が唯一の特産物で、食料や衣類など生活必需品は交易でまかなっている。

　この国の頂点に立つマルタン王家は、代々公明正大で誠実に国を統治し、国民たちから絶大な信頼と敬愛を受けていた。

　決して豊かとは言えないが、モロー王国は長きにわたり穏やかな平和を維持してきたのだ。

　だが近年、隣国のバンドリア帝国が国力を急激に伸ばしてきて、付近の小国を次々に統治下に置くようになった。中立和平を掲げているモロー王国は、バンドリア帝国を脅威に感じていた。

　バンドリア帝国は強大な軍隊を有し、陸軍総指揮官でもある現皇帝は、かつて政権転覆を企てた反乱分子を軍事力で一掃した。猛々《たけだけ》しく戦争好きで、意に沿わない敵には容赦ない仕打ちをすると評判であった。

モロー国王は重い病に倒れてから、自国の未来を憂えるようになった。

そこで国王は、バンドリア帝国と友好条約を結ぶべく、自分の娘たちの中から一番美しく賢い王女を、バンドリア皇帝に側室として差し出すことを決意したのである。

三月の初旬、バンドリア皇帝はモロー王国の王女ミケーネと顔合わせをすべく、来訪することとなった。

モロー王家は戦々恐々でバンドリア皇帝を出迎えたのである。

第一章　二十二番目の末っ子王女は強面《こわもて》軍人さんと出会う

首都の中央に位置する小高い丘の上の要塞に囲まれて、モロー王家の城がそびえ立っている。

こぢんまりとしているが、高い尖塔《せんとう》を有す古風な白亜の美しい城だ。

その城の南の最奥は、王家の専用の庭がある。もとからあった森をそのまま生かした、自然な雰囲気の庭である。

一番高い楢《なら》の木の太い幹に、白いブランコが掛けられてあった。

見上げるほど高い位置にあるブランコには、楢の木に作られた階段を登って乗るようになっている。

そのブランコを揺すりながら、一人の少女が澄んだ声で歌を口ずさんでいた。

モロー王国の二十二番目の王女、アリアドネである。

「恋とはなんでしょう?

私はまだ知りません。

でも、この胸のときめきは、きっと恋

あなたをひと目見た時から、私の心はあなたのことばかり
あなたのことばかり」

ウェーブのかかった艶《つや》やかな金髪を後ろに流し、踝《くるぶし》までのスカート丈の純白のドレスを身にまとった姿は、あどけないお人形のような美貌も相まって、当年十七歳にしてはひどく幼く見えた。

アリアドネはお気に入りのアリアの一節を繰り返し歌いながら、時々城の方へ目をやる。

今頃は、姉のミケーネがバンドリア帝国の皇帝陛下とお見合いをしているだろう。

ミケーネはアリアドネのすぐ上の姉で今年十八歳になる。数多《あまた》いる王女の中でも群を抜いて美人だ。

国王は艶福家《えんぷくか》であった。正妃に兄が二人姉が五人、一番目の側室に姉が三人兄が二人、二番目の側室に姉が四人、アリアドネの母である三番目の側室に姉が五人いる。アリアドネは父国王が六十歳の時にできた末の王女である。

末っ子のアリアドネは、幼い頃から両親や兄姉に可愛《かわい》がられ甘やかされて、すくすくと純真にまっすぐに育った。

今日のバンドリア帝国の皇帝陛下来訪とお見合いは、モロー王家にとっては国の存亡をかけた一大事であった。朝から城全体にぴりぴりした緊張感が漂っていた。

だがアリアドネには、そういった政治的な話はいっさい知らされない。両親も兄姉も、末っ

子の彼女だけは純粋無垢《むく》でいてほしいと願っていたのだ。

今日も彼女だけは、お見合いが終わるまで、お城の奥の庭にいるように言われていた。

アリアドネはブランコを止め、スカートのポケットからパンくずを取り出した。

付近の木の枝に止まっていた小鳥やリスたちが、待ってましたとばかりにアリアドネの周りに群がってくる。

「ふふ……待って待って、順番ね。パンはいっぱいあるから」

頭や肩が重くなるほど小鳥やリスたちが乗ってきて、アリアドネにパンをねだる。木陰から鹿の親子も顔をのぞかせた。

森の野生動物たちはアリアドネにだけはなついているのだ。

他の者がいると彼らは決して姿を現さないので、いつもアリアドネは庭の前でお供を待機させている。

アリアドネはパンのカケラを一個づつ小鳥やリスたちに配りながら、小声で愚痴を漏らした。

「ねえ、ひどいと思わない？　私だけ、仲間はずれなんて。お国の一大事だっていうのに、私はここでブランコに乗っているのよ」

アリアドネは知っている。

いくらお城の者たちが隠し通そうとしても、耳聡《みみざと》く勘の鋭いアリアドネにはわかっていた。

今日、お城では未婚の王女の中でも一番美しく賢いミケーネ姉様が、バンドリア帝国の皇帝陛下とお見合いするのだ。

父王の命令で花嫁候補にされたミケーネ王女は、婚約話が持ち上がってから悲嘆に暮れている。冷酷無比と噂《うわさ》の皇帝と結婚するのだ、もっともなことだ。

兄姉も、小国ゆえに政略結婚に甘んじなければならない立場に意気消沈している。

アリアドネだって、王家の一員として皆と一緒にその場にいたかった。

いつまでも子ども扱いで大事なことは蚊帳《かや》の外で、なんだか王家の人間として何も期待されていないみたいで悲しい。

でも、そんな不満は表には出さない。

両親も兄姉も、アリアドネのことを愛し大事に思ってくれているのはわかっている。

それに、最年少で童顔で小柄で、どう見ても子どもっぽい自分が今日あの場にいても、何の役にも立たないだろう。

だから、小鳥やリスにちょっとだけぼやいてみたのだ。

「ミケーネ姉様なら、きっと気難しいと評判の皇帝陛下もお気に召すわ。国一番の美人なんですもの」

アリアドネは姉の見合いがうまくいくことを胸の中で祈る。

と、ふいに、アリアドネの頭や肩に留まっていた小鳥やリスたちが、蜘蛛《くも》の子を散らすように逃げ出してしまった。鹿の親子も素早く茂みの向こうに姿を消した。

「みんな、どうしたの？」

驚いてあたりをきょろきょろと見回す。

この庭に入る小径《こみち》から蔓薔薇のアーチをくぐり抜けて、一人の長身の男性がこちらに歩いてくるところだった。

「誰……？」

肩に金モールの付いた濃い青色の軍服にがっちりした身体を包み、腰にきりりと巻いたサッシュには金のサーベルが差してあった。持て余しそうなほど長い足には、ピカピカに磨き上げた革の長靴。男はゆったりとした足取りで庭を横切ってくる。

近づいてくると、驚くほど背が高い。彼は怪訝《けげん》そうな表情で、高いブランコに腰掛けているアリアドネを見上げる。

「っ……」

アリアドネは心臓がどきんと跳ね上がる。

年の頃は三十歳前後か。豊かな黒髪を短く刈り上げている。切れ長の青い目に男らしい荒削りの美貌、高い鼻梁《びりょう》と意志が強そうに引き結んだ唇。目を奪われるほど端整な男性だった。

軍服を着ているということは軍人さんなのだろうが、モロー王国の軍服は深い緑色だ。

おそらく、今日到着したバンドリア皇帝のお供の軍人さんだろう。姿形から、位の高い軍人さんだと思われた。慣れないお城の中で、道に迷ってしまったのだろうか。

「ごきげんよう、道に迷われましたか？」

アリアドネは気さくに話しかけた。

「――」

軍人さんはなにが気にくわないのか、むすっと押し黙っている。

挨拶もせず無愛想で失礼な態度に、アリアドネはいささか気を悪くする。そもそも、自分の聖域とも言えるこの奥庭にずかずか入ってくるなど、心外だ。

「あなた、無言でこのお庭に入ってくるなんて、失礼だわ。動物たちが恐れをなして逃げてしまったじゃありませんか」

たしなめるように言うと、軍人さんは目をパチパチさせた。

「君は誰だ？」

低く耳障りのいい声が、耳孔を擽《くす》ぐる。ますます脈動が速まる。

軍人さんは無表情で両手を差し出した。

「子どもがそんな高いところに上るのは危ない、下りてきなさい」

アリアドネは頬《ほお》に血が上るのを感じた。

また子ども扱いされた。

唇を尖《とが》らせ、つんとして答える。

「けっこうです。このくらいの高さ、一人で下りられますから」

普段から、お供が見ていないことをいいことに、身軽なアリアドネはよくブランコから飛び降りていた。それほど危険視する高さでもない。

これ見よがしに、ぴょんとブランコから飛び降りる。

その拍子に、スカートの裾がブランコの座り板にひっかかってしまった。ぐらっと体勢が傾いた。

「きゃあっ」

思わず悲鳴を上げてしまう。

直後、ふわりと空中に身体が浮いたような気がした。

「あ……」

目にも留まらぬ速さで、軍人さんがアリアドネの身体を受け止めてくれたのだ。大きな腕の中に小柄なアリアドネはすっぽりと収まっていた。

「言わんことではない。なんてお転婆《てんば》なのだ」

あきれ顔で軍人さんが見下ろしてきた。

アリアドネはきまりが悪くて仕方ない。間近で見ると本当に美麗な男性で、アリアドネは体温がぐんぐん上がっていくような気がした。

軍人さんがそっと草地に下ろしてくれる。

「君こそ迷子か？　ここは王家の所有地だろう。番兵に見つかる前に、早く母親のところへ帰

りなさい」

アリアドネはむかっとした。迷い込んだ町娘と間違われた。いつもこの童顔のせいで十二、三歳にしか見られない。完全に子ども扱いだ。冗談ではない。自分は王家の人間なのだ。

アリアドネは捲《めく》れたスカートの裾を手早く直すと、しゃんと背筋を伸ばした。そして綺麗《きれい》なお辞儀をしてみせる。

「助けてくれて感謝します。私はモロー王国の王女、アリアドネ・マルタンです」

軍人さんが目を丸くする。

「王女?」

彼は信じられないと言った顔でまじまじとこちらを見つめてくる。

「そうよ。あなたはきっと、バンドリア帝国の皇帝陛下のお付きの軍人さんでしょう? 今日、ミケーネ姉様が皇帝陛下とお見合いなさるから」

「――」

軍人さんは無言でいる。

機嫌が悪いわけではなく、無口なのだろう。長身で強面なのだが、アリアドネは不思議と彼を恐ろしいと感じなかった。それどころかもっとおしゃべりしたい、と思った。

「ねえ、あなたは部下なのだから、皇帝陛下のことをよくご存知なのでしょう?」

「む――そうだな」

アリアドネは声を潜め、背伸びして軍人さんに話しかける。

「ねえ、皇帝陛下はものすごく怒りっぽくて厳しいお方で、気にくわない人間の首をスパスパはねてしまうって噂、ほんとう？」

「む」

軍人さんがおし黙る。さすがに自分の国の皇帝陛下のことを悪くは言えないだろう。

アリアドネは悲しげに首を振った。

「ミケーネ姉様がお可哀想《かわいそう》。皇帝陛下が怖いって、毎日泣いてらして。ねえ、あなたは部下なら、皇帝陛下にお姉様に優しくしてあげるよう、忠告してくださらない？」

軍人さんはなんとも言えないしょっぱそうな顔をした。

「あ、ごめんなさい。そんなこと恐れ多くて言えないわね。でも、もしお姉様があなたのお国に嫁いだら、どうか陰から支えて上げてくださいね」

軍人さんは堅苦しい声で答える。

「努力しよう」

アリアドネはにっこりした。

軍人さんは嘘《うそ》をつかない人のように思え、これで、少しは王家の役に立てたような気がする。

そのとき、軍人さんの右頬に引っかき傷ができていて、血が滲《にじ》んでいるのに気がついた。アリアドネを受け止めたときに、ブレスレットかなにかで引《ひ》っ掻《か》いてしまったのだろう。アリアドネは胸元のコルセットに忍ばせていたハンカチを取り出した。

「あら、大変だわ。ちょっと腰をかがめてくださいー」

「？」

不可解そうな顔のまま軍人さんが背を折った。

アリアドネはそっとハンカチで彼の顔の傷を拭う。軍人さんは目を見開き、身じろぎひとつしないでいた。

「素敵なお顔に傷をつけてごめんなさい。さあこれでいいわ。あ、あなたもお役目があるのでしょう？　お引止めしていると皇帝陛下に怒られるわね。そちらにまっすぐ行けば、お城の南口から中に入れるから、お行きなさい」

軍人さんはアリアドネが指し示した方向へ目をやり、うなずく。

「そうか、あちらだったか」

彼はアリアドネに顔を振り向けると、踵《かかと》をかちっと揃《そろ》えさっと敬礼した。

「失礼いたします。王女殿下」

惚《ほ》れ惚《ぼ》れするような美しい敬礼だった。

彼が自分に敬意を表してくれたのが嬉《うれ》しくて、胸が弾《はず》んだ。

軍人さんはそのまま背を向け、南口へ歩き出す。広い背中はまっすぐに伸びている。

「――格好《かっこう》いいなぁ」

アリアドネはため息をついた。

いつの間にか、小鳥やリス、鹿たちがアリアドネの周りに戻って集まってきている。

「あんな素敵な殿方が、バンドリア帝国にはおられるのねえ」

アリアドネは肩に上ってきたリスに話しかけた。

モロー王家の男性は、父王始め兄たちもどちらかというと優男で文人系である。あのような武闘派の肉体系の男性が身近にいなかったので、とても新鮮で魅力的に思えた。

「恋とはなんでしょう？

私はまだ知りません。

でも、この胸のときめきは、きっと恋」

小声でアリアを口ずさむと、いつもとは違って、旋律はやけに甘くせつなく胸に響いてきた。

その後はなんとなくブランコに乗る気も起きず、ぼんやりと木にもたれて、軍人さんの面影を頭の中で追っていた。そういえば、アリアドネが自己紹介したとき、相手は名乗らなかったな、と気がつく。

そこへ、ぱたぱたとけたたましい足音を立てて、既婚者である一番上の姉のマリアナ王女が駆《か》け込《こ》んできた。

いつもはおしとやかなマリアナ王女の血相が変わっている。

「アリアドネ、アリアドネ、大変よっ。急いでお城に戻って」

「え？」

マリアナ王女のただならぬ気配に、アリアドネはきょとんとした。

「ど、どうなさったの？　マリアナお姉様」

マリアナ王女は強張《こわば》った顔で答える。

「バンドリア皇帝が、モロー王家の未婚の王女全員に会いたいって言い出したのよ」

「え？」

モロー王家の未婚の王女は、お見合い相手のミケーネ王女を始め五人いる。無論その中にアリアドネも含まれているのだが。

「わ、私も、なの？」

うろたえながら聞くと、マリアナ王女がうなずく。

「きっと、ミケーネだけでは足りなくて、もっと側室を寄越《よこ》せということなのだわ」

「そんな……！」

唖然《あぜん》としていると、マリアナ王女が手を引いた。

「とにかく、お城に戻っておめかしして。相手は短気で残忍と言われるお方よ。急いで」

何が何だかわからないうちに、アリアドネは城に引き戻された。

待ち構えていた侍女たちが、慌ただしくアリアドネをよそ行きのドレスに着替えさせ、髪を結い上げて普段はしない化粧までさせられた。

身支度を整えて、王家専用のロビーに出て行くと、そこにはすでに三人の王女が揃っていた。皆、顔色が真っ青だ。

「お姉様たち……」

アリアドネが声をかけると、二十歳になったばかりの気の弱いルーナ王女がわっと泣き出した。

「いやだ、怖いわ、怖い」

「泣かないで、ルーナ泣かないで。私も怖い」

「いやよ、いやだわ」

アリアドネを除く三人の王女は、この世の終わりとばかりに抱き合って泣いている。

「泣かないで、気をしっかり持ちましょう、お姉様たち」

アリアドネは姉たちを励ましながら内心は、おそらく末っ子の自分が皇帝陛下のお眼鏡に適《かな》うことなどないだろうとお気楽に考えていた。

三人の姉王女たちも、ミケーネ王女に引けを取らないほど皆女らしく美しい。

側室が一人では足らないなどと言い出す女好きで強欲な皇帝陛下のことだから、童顔で少女みたいに見えるアリアドネのことなど選ぶはずがないとたかをくくっていたのだ。

四人の王女は支え合うようにして、バンドリア皇帝が待つ貴賓室へ入って行った。

誰もが震え上がっていて、顔をうつ向けていた。

部屋の中では、ミケーネ王女と病気の父王代理の第一王子アポロが、緊張の面持ちでソファに座っている。テーブルを挟んで上座のソファに腰掛けている大柄な男性が、おそらくバンドリア皇帝だろう。

うつむいているアリアドネには、皇帝の履いているピカピカに光る長靴しか見えなかった。

「皇帝陛下、あなたのご希望通り、残りの未婚の王女たちを呼び入れました」

アポロ王子が固い声で言う。

「手間をおかけした」

答えた皇帝の声は低く艶《つや》めいている。アリアドネはハッとする。どこかで聞き覚えのある声だと思った。

三人の王女は声を聞いただけでびくりと身を竦《すく》ませている。

ソファがかすかに軋《きし》む音がして、皇帝が立ち上がる気配がした。こつこつと足音が近づいてくる。目の前で立ち止まった皇帝が、こちらを凝視している気配がする。

どの王女にするか選んでいるのだろうか。

さすがにアリアドネも緊張感が高まった。

四人の王女はさらに身を寄せてじっと身を固くする。

わずか数十秒の間だったが、その場にいたモロー王家の人間には何時間にも感じられたろう。

「――では」

おもむろに皇帝が口を開いた。

「私は、末の王女殿下お一人を、いただきたいと思う」

一瞬、その場の空気が凍りつく。

アリアドネも皇帝の言葉の意味が頭に入ってこなくて、ぼうっと佇《たたず》んでいた。

「え？　末とは——アリアドネ、ですか？」

アポロ王子が素っ頓狂な声を出した。

名前を呼ばれ、アリアドネは我に帰る。

他の王女たちが身じろいだ。そしてひそひそ話を交わす。

「え？」

「皇帝陛下は今なんと？」

「末の王女、って」

「え？　アリアドネ一人って？」

「アリアドネ、あなたよ、あなた」

姉王女たちがアリアドネをそっと前に押しやる。

アリアドネは呆然《ぼうぜん》としてふらりと一歩前に出た。

「さよう、末の王女アリアドネ殿だけを、私は希望する」

耳障りのいいバリトンの声に、アリアドネはそっと顔を上げた。

目の前に、青い軍服姿の背の高い男性が直立不動で立っている。

アリアドネはゆるゆると視線を上に持っていく。

見上げるほど背が高い。

黒い短髪、鋭い青い目、高い鼻梁に意志の強そうな唇。ぞくっとするほど整った美貌。そして、右の頬に赤い小さなみみず腫れの傷――。

「あっ」

アリアドネは思わず声を上げてしまう。

奥庭で出会った軍人さんだ。

まさか、皇帝その人だったなんて。知らないとはいえ、ずいぶんと無礼な言動をしてしまった。なのに、彼はアリアドネを選んだ。なぜだろう？

ぼんやりそんなことを思いつつ、アリアドネは魅入られたようにじっと皇帝の顔を見つめていた。

「先ほどは名乗らずに失礼した。アリアドネ王女殿下。私はバンドリア帝国第七代皇帝、グレゴワール・ジャコブ三世である」

グレゴワールが堅苦しく挨拶する。

「嘘ぉ……」

思わず間の抜けた返事をしてしまい、背後で兄上姉上たちがひいっと息を呑む。

「れ、礼儀知らずの妹で申し訳ない、皇帝陛下。す、末っ子で甘やかして育ったせいか、アリアドネは少女のように無邪気なのです。どうか、ご無礼をお許しください」

アポロ王子がしどろもどろで取りなす。

だが、グレゴワールは平然として答える。

「構いませぬ。では、王女殿下を連れて今日中に国に戻りたいと思います。二時間後に、支度を済ませて正門でお待ちします」

「に、二時間後、ですか？　そ、それは性急では？　しかるべく嫁入りの準備をさせて、それから――」

グレゴワールはアポロ王子の言葉を遮る。

「善は急げと言う。細かいことは後で良い。それに、私は国の政務が山積みなのだ。急ぎ戻りたい。よろしいか？」

短気だと評判のグレゴワールにぎろりと鋭い目で睨《にら》まれ、気の優しいアポロ王子は声を失う。

「――し、承知しました」

「では、アリアドネ王女殿下。二時間後に」

グレゴワールはアリアドネの右手を取ると、その小さな甲に軽く口づけた。

淑女に対する儀礼的な動作だった。

刹那、アリアドネの全身に雷にでも打たれたような甘い衝撃が走る。

グレゴワールはそのままさっさと貴賓室を出て行ってしまう。

アリアドネは右手を上げたまま、かちんこちんになっていた。

扉が閉まると、兄姉たちがいっせいに声を出した。

「まさか、アリアドネが？」

「では、ミケーネは輿入《こしい》れしなくてよいということ？」

「でも、アリアドネはまだ子どもよ。あまりにもかわいそう」

「そうよ、そうよ。たった一人でバンドリア帝国へ連れて行くなんて。狼《おおかみ》の群れに子羊を送り出すようなものだわ」

「きっと、ただ一番若いからって、アリアドネを選んだのよ。いやらしい皇帝だわ、情けないわ」

モロー王家の人々はここぞとばかりにグレゴワールを悪《あ》し様《ざま》に言い、阿鼻叫喚《あびきょうかん》の大騒ぎである。

その中で、アリアドネだけはにまにまと口元が緩んでいく。

どうしてグレゴワールが、数多いる美しくて女らしい姉上たちを差し置いて自分を選んだのかは、わからない。

でも、冷酷無比で残虐と言われていたグレゴワールには、ちっともそんな雰囲気はなかった。

威圧感はあるし無愛想だけれど、礼儀正しかった。

皆は彼に恐れおののいているけれど、アリアドネは少しも怖くなかった。

そう、初めて会った時から心奪われていたのだ。

だって、ずっと憧れていたのだ。

男らしい殿方と運命の出会いをすることを。

きっと、グレゴワールが素敵な敬礼をしてくれた時から、アリアドネは彼に淡い恋をしていたのだ。

だから、グレゴワールが自分を側室に選んでくれたことが、まさに奇跡のようだ。

アリアドネはまだわいわい騒いでいる兄姉たちを振り返る。そして、キリッと表情を引き締めた。

「お兄様、お姉様たち。私のことなら心配いりません。皇帝陛下に望まれたのですから、私はバンドリア帝国へ嫁ぎます。両国の末長い友好のために、私は全力で尽くします」

兄姉たちが感動した面持ちでアリアドネを囲んで、代わる代わる抱きしめる。

「なんと健気《けなげ》な決意だ、アリアドネよ。兄は心打たれたぞ」

「立派だわ、アリアドネ。それでこそ、誇り高いモロー王家の王女よ」

「アリアドネ、偉いわ。あなたにそんな勇気があったなんて」

皆一番幼いアリアドネを側室に差し出すことを悲しみ、涙ぐんでいる。

だが一方で、全員がほっと胸を撫《な》で下ろしているのがありありとわかった。

皆が心の中でアリアドネに申し訳ないと思いつつも、これでモロー王家の危機は去ったのだと安堵《あんど》しているのだ。

それでも、アリアドネは誇らしかった。

みそっかすでいつまでも子ども扱いされていた自分が、とうとう王家のお役に立てる日がきたのだ。それも、大国バンドリアの皇帝の側室だ。

なにより、あんなに男らしくて素敵な男性に嫁げるのだ。

お通夜のような兄姉の雰囲気の中で、アリアドネだけがわくわくと胸を躍らせていた。


旅路支度が慌ただしく行われる一方で、アリアドネは父王の病室に赴いていた。

かつては恰幅《かっぷく》がよかった父王は、長患いのためにすっかりやせ衰えていた。

父王は侍医と看護師たちに支えられ、ベッドから身を起こしてアリアドネを迎えた。

「アリアドネ、私の可愛いお人形さん。まさか、幼いお前がバンドリア皇帝の嫁に選ばれるとは。この国のためとはいえ、なんと痛々しいことだ」

「お父上」

アリアドネはベッドの側に跪《ひざまず》き、骨の浮いた父王の両手をそっと握った。

「大丈夫です。私だってもう子どもじゃないわ。祖国のお役に立てるのなら、喜んで嫁ぎます」

「アリアドネ——我が国の今後の命運は、小さなお前の肩にかかっている。どうかモロー王家の誇りを忘れず、誠心誠意皇帝陛下にお仕えするのだよ」

父王は涙ぐみながら言う。

「お父上……今まで大事に育ててくださって、感謝します」

アリアドネにも込み上げるものがあった。

この城で、掌中の珠《たま》のように愛され大事に育てられた。いつまでもぬくぬくと可愛い末っ子として暮らしていくのも、また幸せだったろう。

でも、運命は大きく動いた。

アリアドネの新しい人生が、これから始まるのだ。

あっという間に二時間は過ぎ、アリアドネは母や兄姉たちとせわしない別れの挨拶を告げ、わずかなお供を引き連れ、バンドリア帝国へ向かう馬車に乗り込んだのである。

皇帝用の大きな六頭立ての馬車の横に、逞《たくま》しい馬に跨《また》がった茶髪の若い軍人がぴったりと寄り添う。茶髪の軍人が、窓越しに声をかけてきた。

「では、陛下、出発します。四時間、休憩なしで馬を走らせます」

グレゴワールは茶髪の軍人に向けて返事をした。

「よし、やってくれ、クラッセン少尉」

「はっ。出立だ！　前進ラッパを鳴らせ！」

クラッセン少尉と呼ばれた軍人が大声を張り上げると、先導の兵士が高らかに出発の合図のラッパを吹く。

がたんと馬車が動き出す。

アリアドネはハッとして、グレゴワールの脇の下をかいくぐるようにして窓から身を乗り出した。グレゴワールが驚いたように身を引いた。

城の正面玄関前に、兄姉たちが揃ってこちらを見送っている。

「お兄様、お姉様！　お元気で！」

身を乗り出して大きく手を振る。

兄姉たちも手を振り返《かえ》してくれる。

「お元気で、お元気で！」

懐かしさとせつなさが胸に満ちてくる。どんどん遠ざかる城に向かって、夢中になって手を振っていると、背後から大きな手が腰を支えてきた。

「王女殿下、そんなに乗り出したら落ちてしまうぞ」

グレゴワールに低い声で注意され、慌てて馬車の中に戻る。座席で居住まいを正した。

「す、すみません……」

「かまわぬ」

グレゴワールはひと言そう答え、腕組みをして目を瞑《つぶ》る。

グレゴワールの温かい手の感触がまだ腰のあたりに残っていて、アリアドネはドキドキが止められないでいた。

がたがた揺れる馬車の中で、アリアドネはグレゴワールと向かい合って座っていた。

グレゴワールはしゃんと背筋を伸ばし、考え事でもしているようにずっと目を軽く閉じたままだ。

さっきから無言のままで取り付く島もなく、アリアドネはもじもじと膝の上で手を動かしていた。

出会った当初から無口な感じの人だったが、わざわざ自分を側室に選んでくれたのだから、もう少し会話してくれてもいいのに。

その代わり、アリアドネは不躾《ぶしつけ》なほどまじまじとグレゴワールの姿を眺めることができた。

やっぱり非の打ち所がない美男子だ。

眼福とはこういうことを言うのだろうか。

しかし、バンドリア帝国まで四時間の道のりだ。

いつまでも相手の顔を眺めているわけにもいかず、アリアドネはすっかり暇を持て余した。

我慢できなくなった彼女はやにわにグレゴワールの膝に手をかけて揺さぶった。

「ねえねえ、皇帝陛下。少しお話ししましょうよ」

不意に触れられたせいか、グレゴワールはぴくりと眉を持ち上げて目を開いた。

そしてあからさまに迷惑そうな顔をする。そして、ぼそりと答える。

「今後のあなたの生活については我が城に着いてから、腹心のクラッセン少尉に細かく尋ねるがいい」

それだけ言うと再び目を閉じようとしたので、アリアドネは慌てて彼の膝をもう一度揺さぶった。

「そういうことではなく――あの、皇帝陛下は私のどこが気に入られたのですか？」

「――」

グレゴワールがやっとまともにこちらを見た。だが、彼は無言のままだ。

「一番若いから？」

「――」

「金髪だったから？　すみれ色の瞳が珍しかったから？」

「――」

自分のいいところをもっと挙げようとして、それがあまりに少ないと気がつく。

「あ、わかったわ。小さくて邪魔にならないから？」

「――」

「それでは、子どもっぽいから？　なんでも言うことを聞きそうだから？」

「――」

グレゴワールの反応がまったくないので、自分で言っているうちに、なんだか情けなく悲しくなってしまう。

しょんぼりうつむいて、小声になる。

「ミケーネ姉様はハキハキしてとても賢い方だから。皇帝陛下は扱いやすいと思って、私を選んだんでしょう？　きっとそうね……」

憧れの男性に選ばれ、誇らしくて意気込んでいたけれど、相手はこちらほどの思入れなどないに違いないと思い至り、心がみるみる萎《しぼ》んでいく。

「私……奥庭のみんなとお別れする時間もなかった……」

いつも仲良くしていた小鳥やリスや鹿たちの姿を思い浮かべ、祖国の何もかも捨ててしまったことに、遅ればせながら壮絶な孤独感が襲ってくる。

ほろりと涙が頬に零《こぼ》れ落《お》ちた。

グレゴワールがハッと息を呑む気配がした。

アリアドネは声を上げず、ただぽろぽろと涙を零し続けた。

グレゴワールがごそごそと上着の内側を探り、黙ってハンカチを差し出した。

アリアドネはいらないと首を振り、忍び泣いた。

寄る辺ない気持ちが全身を満たし、悲しくて仕方ない。

グレゴワールが軽く咳払《せきばら》いした。子どもの扱いに困った父親のようだ。

そして、低い声でぼそりと言う。

「あなたの周りは光に満ちていた」

「?」

何を言っているのか理解できなくて、アリアドネは涙に濡《ぬ》れた顔を上げる。

グレゴワールはまっすぐこちらを見ていた。

生真面目な嘘の無い瞳の色だ。

「光……?　ブランコに乗っていた時?」

グレゴワールがうなずく。

「何も影がない、明るく幸福な光をあなたは身にまとっている」

「それが……お気に召したの?」

おずおずとたずねると、グレゴワールはかすかに表情を和らげる。

「私の周囲には、そういう人間は一人もいなかったからな」

アリアドネは再びしゅんとうつむく。

「なんだ……もの珍しかったんだ」

すると節高な長い指が伸びてきて、アリアドネの細い顎にあてがいそっと上向かせた。

「そういう意味ではない」

「じゃ、どう言う意味ですか？」

「む——」

グレゴワールは口ごもる。

「うまく言えぬ」

アリアドネは不満げに唇を尖らせた。そして言い募る。

「でも、私のことを嫌いではないですよね？」

「——そうだな」

少しだけ安心した。

嫌われていないのなら、今はそれでいい。

ぎこちないけれど、会話らしきものもできた。

これからうんと時間があるのだから、少しずつ会話をして互いを知っていけばいい。

「ああ、よかった。ほっとしたら疲れちゃった。皇帝陛下、あちらに着くまで少し休んでもいいですか？」

アリアドネはそう言うと、グレゴワールの返事を待たずに座席に深くもたれて、目を閉じた。

そして、ことんと糸が切れるように眠ってしまった。

あっという間に眠ってしまった王女は、がたんと馬車が揺れた拍子に、前のめりに倒れてきた。

「おっと」

グレゴワールはとっさに彼女の頭を膝の上に乗せて支えた。

アリアドネはすうすうと安らかな寝息を立てて眠りこけている。

「――本当に子どものようだな」

グレゴワールはあまりの無防備さに、思わずつぶやく。

こうして膝の上に乗せてみると、なんと小さいのだろう。

繊細で脆《もろ》いガラス細工の人形のようだ。

こんな幼い娘を選んでよかったのだろうか、と少しばかり後悔した。

だがこの小さな王女だけが、自分のことを少しも恐れなかった。

それがとても新鮮だった。

グレゴワールは、初めて出会った時のことを思い出す。


他国が王女を人質のように側室に差し出してくることは、これまでもあった。

だが、グレゴワールは一度もそれを受け入れたことはない。

今回、モロー王国の申し出を受けたのは、祖国の臣下たちが、跡継ぎのためにもそろそろ結婚しろと口うるさく言ってくるのが煩《うるさ》くなったからだ。

グレゴワールは過去の経験から女性を信用していない。

ましてや、政略結婚で嫁いでくる女性に下心がないわけがない。そんな女性たちを妻にして生涯を共にするのは苦痛でしかない。それに、大陸の主力国から妻を選ぶのは、後々選ばなかった国との間に遺恨を残しそうで躊躇《ためら》われた。

そんな折、モロー王国から王女を側室に出したいと申し出があった。

毒にも薬にもならない小国の王女を娶《めと》るのなら、それほど問題ないだろう、そのくらいの気持ちでモロー王国にやってきたのだ。

だから、相手はどの王女でもかまわなかった。

さっさと婚姻を受け入れ、祖国に連れて帰って形式だけの妻にしようという腹づもりだった。

それなのに――。

あの時は、小国といえど何か策略を企《たくら》んでいるかもしれないと、お供も付けずに密《ひそ》かに城内を探索していたのだ。

グレゴワールは普段から質素で地味な格好を好んでいたので、誰も皇帝陛下だと気がつかないようだった。

城の中の警備は呆《あき》れるほど手薄だった。正門は常に開け放たれていて、城の大広場には街の人間が自由に出入りして、市場が立っていて物売りなどで賑《にぎ》わっていた。番兵たちは町人たちとタバコを分け合って、のんびりおしゃべりしている。

これまで、モロー王国は小国ゆえに他国からの侵略を受けたことがない。呑気《のんき》で鄙《ひな》びた国なのだ。

警戒することはなかったと、グレゴワールは城の貴賓室に戻ろうとして、奥庭に迷い込んでしまった。

その時、鈴を振るような澄んだ美しい歌声が聞こえてきた。

あどけない響きは、まだ少女期の声のようだ。

茂みを掻《か》き分けて入っていくと、木に設《しつら》えた高いブランコに小さな娘が乗っていた。

彼女は足をぶらぶらさせて、ゆっくりとブランコを漕《こ》いでいる。

背中に垂らした長い金髪がふわりふわりと風になびき、娘の顔の周りを金色の光が包み込んでいるよう見えた。

彼女の周囲には、無数の小鳥やリスがまとわりつき、野生の鹿まで寛《くつろ》いだ様子で姿を現していた。

グレゴワールは一瞬、森の妖精かと思った。

だがすぐに、おそらく町娘が城奥に彷徨《さまよ》いこんだのだろうと推測した。

迷子かと思って近づき、こちらに気がついた娘と視線が合った瞬間、グレゴワールはなんともいえない落ち着かない気持ちになった。

色白でぱっちりしたすみれ色の瞳の目も覚めるような美少女だった。だが、いかにも頼りなげで儚《はかな》く見えた。見るからに威圧感がある巨漢の自分を見たら、怖がって泣いてしまうかもしれないと危惧した。

それなのに、彼女はグレゴワールを少しも恐れなかった。

無邪気に話しかけられ、その上動物たちが逃げてしまったとたしなめられさえした。

グレゴワールは今までこんな気安く話しかけられたことがなかったので、言葉に詰まる。

気を取りなおしてブランコから降りるように促したのだが、言うことを聞かずにいきなり飛び降りたので度肝を抜かされた。

さらに、少女がこの国の王女であると名乗ってきて、驚きが上乗せされた。

どう対応していいか迷っているうちに、王女は無邪気にグレゴワールの悪口まで言う。それなのになぜか腹も立たない。

無垢で世間知らずの幼い王女なのだ。

だが、くるくる変わるあどけない表情にいつしか見惚《みと》れていることに気がつく。

世の中の醜いこと汚いことを何も知らずに、愛情だけに包まれてすくすくと育ったのだろう。

幼い時から血生臭い世界で生きてきたグレゴワールとは対照的だ。

無垢な笑顔があまりに眩《まぶ》しい。彼女といると、穢《けが》れきった自分の魂まで、少しだけ浄化されるような気がした。

愛らしい。

もうこの王女でいい、この王女に決めた。

そうグレゴワールは思った。

――こうして、ひっ攫《さら》うようにして末っ子の王女を我が物にした。

グレゴワールとしては、毛色の変わった小犬でも手に入れたくらいの気持ちだった。

だが、今自分の膝の上であどけなく眠りこけているアリアドネを眺めていると、もっと違う優しいような擽《くすぐ》ったいような感情が胸に芽生えてくる。不可解な感覚にもやもやする。

そのもやもやがなんであるか、グレゴワールにはまだわからなかった。


ほんのちょっと仮眠を取るつもりだった。

なのに――。

「王女殿下、王女殿下、起きなさい」

と肩をそっと揺すられて、ハッと目が覚めた。

「あ？」

だらしなく口を開けて寝ていた。あわてて口元を隠そうとして、自分がグレゴワールの膝の上に頭を乗せているのに気がついた。

「うひゃあっ」

突拍子も無い声を上げて、ガバッと身を起こす。グレゴワールが目を細めて見下ろしている。

呆《あき》れ返《かえ》っているようにも見えた。

さーっと背中に冷や汗が流れる。慌てて座席に座り直した。

「あ、あの、私……いつの間に皇帝陛下のお膝で……ああ、失礼しました。ご無礼をお許しください」

しどろもどろで謝罪する。

「いや、倒れそうになったあなたを支えただけだ」

グレゴワールは素っ気なく言うと、窓の外に顔を向ける。寝る前は早駆けしていた馬車が、ゆっくりと動いている。

「我が城に到着した」

「え、もう？」

「ずっとあなたは寝ていたからな」

「うわ……」

どれだけ眠りこけていたのだろう。確か、部下の兵士が国まで四時間馬を飛ばすと言っていたっけ。四時間――。

なんとずうずうしい王女だと思われたろう。でも、グレゴワールの膝の上はとても寝心地がよかったのだ。恥ずかしさに頭の中が沸騰しそうだ。

がたんと軽く馬車が揺れ、停止する。

馬車の扉の外からクラッセン少尉の低い声が聞こえた。

「陛下、正門前に到着しました。扉を開けます」

「承知した」

グレゴワールが返事をすると、馬車の扉がゆっくり外から開かれた。

先に素早く馬車を降りたグレゴワールは、振り返ってアリアドネに手を差し出す。

「さあ、王女殿下」

アリアドネはおずおずその手に自分の片手を預け、ゆっくりと馬車を下りた。

「我がバンドリア帝国の城である」

そう言われ、顔を上げる。

「お、大きい……」

アリアドネは息を呑《の》んだ。

すでに日はとっぷりと暮れていた。

数え切れないほどの松明《たいまつ》に赤々と照らされて、堅牢《けんろう》な城塞に囲まれた灰色の巨大な城が目の前にそびえ建っている。

モロー王国の城が、十も二十も軽く収まりそうなほど広い。

城塞の周りには深い堀があって、通行を許された者だけが跳ね橋で行き来するようになっていた。

そして、城塞の各所には屈強な兵士が槍《やり》を構えて油断なくあたりを見回している。

城の屋上の砲台からは、黒光りする大砲の筒が四方に向けられている。

とんでもなく警備が硬い。

巨大な城からは威圧感がびりびり感じられ、目の前に立つだけで緊張してしまう。

いつも昼間は正門は開け放し、町人も外国人も自由に出入りしていた自国の城と比べて、なにもかも雲泥の差だ。

と、城の正面玄関口から弾丸のような真っ黒な塊が飛び出してきて、正門を抜けてまっすぐこちらに向かってきた。

「王女殿下、危ないっ」

クラッセン少尉が素早くアリアドネの前に立ち塞がろうとした。

それより速く、黒い塊はアリアドネに飛びついた。

「きゃあっ」

その勢いで、アリアドネは後ろに尻餅をついてしまう。

一瞬、その場にいる者たち全員がひやりとした空気になる。

子牛ほどの巨大な黒犬が、アリアドネに飛びかかってきたのだ。

「伏せ！　ゴルゴン！」

グレゴワールが厳しい声を上げる。

黒犬はぴたりと動きを止め、その場にさっと伏せた。狼のように鋭い牙を持ち、鋭く尖った鋲《びょう》をびっしり埋め込んだ首輪を嵌《は》めて、いかにも凶暴そうだ。

グレゴワールはアリアドネの腕と腰を支えて、抱き起こした。

「王女殿下、怪我《けが》はないか？」

「だ、大丈夫です」

「すまぬ。私の番犬のゴルゴンだ。よもやあなたに襲いかかるとは。あとでうんと仕置きをしておく」

アリアドネは不意を突かれてびっくりしたが、伏せている黒犬が目を輝かせて嬉《うれ》しげに尻尾をぶんぶん振っているのを見て、笑みを浮かべる。

「ううん、そんなことしないでください、グレゴワール様」

アリアドネはゴルゴンに向かって手を差し出した。

「いい子ね、おいで、ゴルゴン」

ゴルゴンは伏せの姿勢のままアリアドネに這《は》いつくばって近づくと、ごろんと仰向《あおむ》けになって腹を出した。

「ふふ、可愛い」

アリアドネはゴルゴンのお腹《なか》を優しく撫《な》でた。ゴルゴンは嬉しげに鼻を鳴らし、されるがままになっている。

「――」

グレゴワール始め一同は、呆然としたようにアリアドネを眺めている。

クラッセン少尉が唖然とした声を出す。

「陛下以外、誰にも触れることができない猛犬が――まるで子猫のようだ」

グレゴワールも声を失っているようだったが、すぐに我に帰って厳しい声を出す。

「ゴルゴン、部屋へ戻れ！」

ゴルゴンはぱっと弾《はじ》かれたように起き上がると、来た時と同じ速さで城の中へ走って行った。

「ああ、もう少し撫でてていたかったのに」

アリアドネが唇を尖らせて残念な顔をすると、グレゴワールが焦れたように軽く咳払いする。

「王女殿下、この後、お引き渡しの儀があるのだ」

「え？　あ、はい？」

なんの儀式だったっけ。

馬車に乗る前に、グレゴワールのお付きの者に、手短に説明を受けたような気もするが、なにせ慌ただしくて、ろくに頭に入っていなかった。

「ええと……お引き渡し……って」

もたもたしていると、

クラッセン少尉が近寄ってきて、恭しく頭を下げた。

「王女殿下、正門前のそこの天幕の中で、お引き渡しの儀を行います。そこで、あなた様は祖国から身につけてきたものはすべて脱いでいただき、この国のものにお着替えしていただきます。そして、モロー王国の侍従たちも、ここで全員引き返していただきます」

アリアドネは目を丸くした。

「えっ？　みんな帰ってしまうの？」

「その通りでございます。この国に嫁いだ女性は祖国からのものは、糸くず一つこの城に持ち込んではならない決まりです」

「……そんな」

まさに身一つでこの国に入らねばならないのだ。

心細さに胸が締め付けられた。

「では、こちらへ、王女殿下」

見知らぬ侍女が一人近づいてきて、アリアドネを誘導しようとした。

救いを求めるようにグレゴワールを見上げたが、彼はクラッセン少尉となにか今後の打ち合わせのような会話をしている。

アリアドネは手を引こうとした侍女の手を振り払い、ぱっと飛び出してグレゴワールの裾を掴《つか》んだ。

驚いたようにグレゴワールが振り返る。

「陛下、陛下、どうか一緒に来てください。知らない人ばかりで、私一人、怖い、怖いです。どうか、そばにいてくださいっ」

涙目で訴えると、グレゴワールは目を瞬いた。アリアドネはぎゅうっと彼の裾を掴んで離さない。手がぶるぶる震えた。

クラッセン少尉が小声でたしなめるように言う。

「僭越《せんえつ》ですが、王女殿下、お引き渡しの儀に皇帝陛下が立ち会うなど、前代未聞でございますよ」

「だって……」

心細さにもう涙が零れそうだ。

「よい――このまま泣き出されては、この婚姻の始まりを不吉なものにしてしまうだろう」

グレゴワールがそう口を挟むと、裾を掴んだアリアドネの手をそっと自分の手で包んだ。

「王女殿下、一緒に行こう」

「はいっ」

ほっとして、グレゴワールの手をぎゅっと握る。

クラッセン少尉を始め、その場にいた者たちは唖然としたような顔で立《た》ち竦《すく》んでいる。

グレゴワールは堅苦しい表情で天幕に向かって進んでいく。

思いもかけない事態に不愉快にしてしまったのかもしれないが、アリアドネは彼が自分の懇願を受け入れてくれたのがとても心強かった。

天幕の前で待ち受けていた侍従や侍女たちは、皇帝陛下が付き添っているので呆然としている。

天幕の入り口で立ちどまったグレゴワールが、そっと手を離した。

「私は外で待機する。中には一人で行くがいい」

「必ず、待っていてくださいね。時々、声かけますよ」

アリアドネはグレゴワールに念を押した。

「む——約束は違えぬ」

グレゴワールがわずかに口元を緩めたような気がした。なにがおかしいのだろう。

アリアドネは意を決して天幕の中へ入っていった。

ずらりと頭を下げたバンドリア帝国の侍女たちが揃って待ち受けていた。

先頭の一番年長で偉そうな侍女が、恭しく言う。

「ようこそ、我がバンドリア帝国へおいでになられました。私はこれから王女殿下のお付きの侍女長となりますエメリアでございます。さあ王女殿下、いざお召替えを」

用意されていた化粧台の前に立たされ、アリアドネは一枚一枚着ているものを剥《は》がされていった。一糸まとわぬ姿にされると、恥ずかしさに全身が小刻みに震えてくる。

でも天幕の外にグレゴワールがいると思うと、なぜか不可思議な高揚感に体温が上がっていくような気がした。

「陛下、陛下……そこにおられますか？」

声をかけると、外から響きのよい声が返事をした。

「おるぞ」

グレゴワールの声を聞くだけで、気持ちが落ち着いてくる。

真新しいバンドリア製のドレスに着替え、新たに髪を結いアクセサリーを装着する。

ガウンをピンで留めゆったりとした少し古風なモロー王国の服装と違い、前身頃が釦《ぼたん》になった機能的なのに華やかなドレスはアリアドネを少しだけ大人びて見せた。髪型もただ結い上げるのではなく、巻き毛をうなじにいくつも垂らす、今までにしたこともない豪華な髪型だ。

姿見の中の自分が、どんどん別人のように変化していくようだ。

モロー王国の王女から、バンドリア帝国の貴婦人に変貌していく。

「まあ、まるで美の女神様のようにお美しい仕上がりですわ」

エメリアが感嘆の声を上げた。

「これならば、これまで女性を寄せ付けようとなさらなかったグレゴワール陛下も、きっとお気に召されるでしょう」

「え？　寄せ付けなかった？」

エメリアの言葉に引っかかり聞き返したが、エメリアは慌てたように話題を逸《そ》らす。

「さあ、ここを出てお城へ入りましょう」

エメリアに手を取られ、アリアドネは天幕を出た。

目の前に、城の方を向いて腕組みしているグレゴワールが立っていた。

バンドリアふうに装った自分は彼の目にどう映るだろう。少しドキドキする。

「陛下……」

小声で呼ぶと、彼がパッと振り返る。

「お――」

グレゴワールは腕を解くと、彫像のように固まってしまう。

アリアドネは緊張して息を詰めた。

「急に大人びて驚《うたぐ》いた――が、よく似合っている」

アリアドネは疑《ぶか》り深い目つきで言う。

「ど……どうでしょう?」

グレゴワールはふいに目を瞬き、軽く咳払いした。

「別人のようだ」

アリアドネは言葉の意味をはかりかねた。こちらは、身一つになったのだ。思わずムキになった。

「似合わないっていうことですか?」

「いや――綺麗だ」

「なんかお世辞っぽい。不満そうですもの」

「いや――」

詰め寄られるとは思わなかったのか、グレゴワールはしばし言葉を探しているようだった。

「本当に？」

グレゴワールはムッとした表情になる。

「私は嘘は言わぬ」

アリアドネはにっこりした。

「じゃあ、いいわ」

エメリアを始めその場にいる者全員が、ハラハラしているのが手に取るようにわかる。

ちっぽけな王女が皇帝陛下に言いたい放題言っているのだ。

いつ逆鱗《げきりん》に触れるかと、ビクビクしているらしい。

でも、もうアリアドネにはわかっていた。

グレゴワールが理不尽に怒る人ではないということを。

その時、傍からモロー王国から同伴してきた十数名の侍従たちが、遠慮がちに声をかけきた。

「王女殿下、我々はここから引き返すことになりました。どうぞ、末長くお健やかに」

全員ふかぶかと一礼すると、そのままゆっくりと踵《きびす》を返した。

「あ……」

アリアドネは置き去りにされた捨て猫のような気持ちになる。だが気持ちを奮い立てて、明るく彼らに声をかけた。

「皆、道中気をつけて。私が無事到着して、とっても元気だということを、父上や兄上に伝えてちょうだいね」

侍従たちの背中がかすかに震えているようだ。彼らも後ろ髪が引かれる思いなのだ。身分の上下にかかわらず、分け隔てなく優しく接していたアリアドネは、侍従たちの皆に愛されていた。

暗闇に消えていく侍従たちの後ろ姿を見送っているアリアドネを、グレゴワールが促した。

「――王女殿下、城へ案内しよう」

「あ、はいっ」

アリアドネは目の縁を手でゴシゴシと擦る。少し涙ぐんでしまったことを、グレゴワールに悟られたくなかった。泣くほど祖国に未練があるのかと思われて、彼の気を悪くさせたくなかった。

笑みを浮かべ、グレゴワールの差し出した手に自分の手を預けた。

「陛下のお戻りである！」

前に立ったクラッセン少尉が、大声で先触れをした。

正門前に控えていた番兵を始め、城の要所要所に立っている兵士たちが一糸乱れぬ動きで、武器を顔の前に構えて敬意を表す姿勢になった。

グレゴワールがゆったりとした足取りで正面玄関への階段を上っていく。アリアドネはかさばるスカートを必死でさばきながら、彼の手にすがるようにして後に続いた。

「足元に気を付けるように」

ちらりとこちらを振り返ったグレゴワールが、小声で注意した。

「はい、大丈夫です」

そう答えたものの、玄関ロビーに足を踏み入れたとたん、吹き抜けの天井から下がるピカピカのクリスタルのシャンデリアの豪華さに、思わず見上げてしまい、磨き上げられた大理石の床に足がつるりと滑った。

「きゃっ」

「危ない」

仰向けに倒れそうになったアリアドネを、グレゴワールがとっさに抱きかかえる。

「ご、ごめんなさい……」

城内の者たちの視線を意識して、アリアドネは顔に血が上る。城に入るやいなやすっ転ぶなんて、なんて恥さらしなんだろう。

グレゴワールも言わないことではないと、さぞや呆れているだろう。顔を上げられない。

と、いきなり、そのままひょいと横抱きにされた。

「あ」

身体が宙に浮く感覚に、慌ててグレゴワールの首にしがみついてしまう。

「長旅で王女殿下はお疲れだ。私がお運びしよう」

グレゴワールが周囲の者に聞こえよがしに言った。

「え……あの……」

うろたえているうちに、グレゴワールは大股で歩き出す。

彼はアリアドネにだけ聞こえる声でささやく。少し不機嫌そうだ。

「きょろきょろされて、また転ばれるのでは、気が気ではない」

「う――ごめんなさい……だって、すごく立派なお城なんですもの。つい見惚れてしまって」

「これからいやというほど見られるだろう？」

「初めての感動が大事じゃないですか。わくわくしますもの」

言い返されると思っていなかったのか、グレゴワールは言葉に詰まった。

「む――そういうものか」

「そうですよ」

「ふむ」

グレゴワールの鋭角的な頬がぴくぴく震えた。でも、怒っている顔には見えなかった。

「ここは主城だ。玄関ホールから左右に分かれた廊下は、右は会議室や謁見室や貴賓室へ続く。左は厨房《ちゅうぼう》と食堂がある」

グレゴワールは前を見据えたまま説明する。

「へええ」

アリアドネはさっき注意されたことも忘れ、思わずきょろきょろしてしまう。

廊下だけでもモロー城の部屋ならいくつも入れそうに広々としている。壁には、よくわからないが立派そうな絵画がいくつも掛けられている。幾つもある高い窓には東洋の珍しい織物で重厚なカーテンが掛けられ、天井の丸窓には精緻なステンドグラスが嵌《は》め込《こ》まれていた。廊下のあちこちに、古い武具や人間や馬の彫像が飾られていて、まるで美術館のようだ。

お掃除が大変そうだな、などと場違いなことを考える。

グレゴワールはロビーの中央の大きな螺旋《らせん》階段をアリアドネを抱いたまま、軽やかに上って行く。

「中央階段から三階へ行くと、そのフロア全体が私の専用の領域だ。私の許可なくしては、誰も入ることは許されない」

三階の廊下前には、ずらりと重装備の番兵が警備していた。

「本日の公務は、一時間後に開始する」

グレゴワールがそう告げ、まっすぐ廊下を進んで行く。

突き当たりに重々しい樫《かし》の扉があり、そこを守っている番兵にもグレゴワールは同じ言葉を言った。

番兵たちが扉を左右に開く。

最後まで背後に付き従っていたクラッセン少尉が、頭を下げた。

「では、私はここで待機いたします」

「うむ、クラッセン。ご苦労であった。一時間後に、私は執務に戻る。明日もいつも通り、午前五時にここで落ち合おう」

グレゴワールの言葉に、クラッセン少尉がわずかに顔を上げる。彼はちらりとアリアドネに意味ありげな視線を投げる。

「本日も明日もいつも通り、ですか？」

グレゴワールは眉ひとつ動かさずに繰り返した。

「いつも通りだ」

「承知しました」

そのままグレゴワールが扉の中に入ろうとしたので、アリアドネは慌てて身を捩《よじ》った。

「あ、陛下、私もここで失礼します。あの、どこか客間をあてがっていただければ……」

するとグレゴワールは平然として答えた。

「何を言う。今日からあなたと私は夫婦になるのではないか」

「ふ、ふうふ……」

その三文字が頭に浸透してくる前に、背後でばたんと扉が閉まった。

「あ……」

もうそこはグレゴワールの私室であった。

第二章　たちまち結婚　童顔王女の初夜

天井の高いとてつもなく広い部屋だ。

だが、これまでの豪華絢爛《ごうかけんらん》なしつらえの城内とは違い、調度品も装飾も最小限で、ひどく簡素だ。グレゴワールの飾り気のない性格を反映しているようだ。家具は黒が基調でカーテンは灰色で色味が無く、なんだか潤いがなく殺風景だと思う。

入ったところが応接室のようだ。

部屋の隅に、先ほどの黒犬のゴルゴンが置物のように伏せている。

ゴルゴンはアリアドネを見ると、かすかに顔を上げ尻尾を嬉しげに振ったが、グレゴワールがいるせいかそこから動かなかった。

グレゴワールは、熾火《おきび》が点《とも》っている大きな暖炉の横のソファまで行くと、そこにそっとアリアドネを下ろした。

「今、小姓に温かい飲み物を運ばせる。一服しなさい」

そう言いながら、グレゴワールは奥の書斎らしき部屋に行って、すぐに何か書類を手にして戻ってきた。

それをテーブルに置いた。

「その前に、これにサインをしてくれ」

アリアドネはその書類を手にして、眺めた。読みにくい複雑な飾り文字で何か書いてある。

「これに、サインをですか？」

「そうだ、婚姻証明書だ」

「あっ」

ほんとうにこの人と結婚するのだ。

グレゴワールが羽ペンを手渡す。

「公の誓約式などは、おいおい行う。とにかく、正式に婚姻届けを出してしまおう。その方が合理的だ」

「は、はい」

合理的という言葉に引っかかるが、言われるままサインをした。

サインを終えた書類を受け取ったグレゴワールが、アリアドネのサインの横に自分の名前を書き込んだ。彼はインク吸いで丁寧にサインの上を押さえ、満足げにうなずいた。

「よし、これで私たちの婚姻は成立だ」

なんだか形式的だな、とアリアドネは寂しい。

しょせん、貢がれた小国の側室扱いなのだな、と思う。

でも、それだけでは嫌だ。

グレゴワールが立ち上がる。

「では。後ほど食堂へ、小姓が呼びにくるだろう。そこで食事をすませ、入浴後、就寝するがいい」

そのまま応接室を出て行ってしまいそうなので、慌てて呼び止めた。

「あの、あの陛下っ」

「なんだ？」

「今夜は、私はどこで寝るのですか？」

「このフロアの貴賓室をひとつ、あなたのために用意させる」

「貴賓室……？」

不満げな声色を感じたのだろうか、グレゴワールが付け足した。

「明日にはあなたの私室をこのフロアにしつらえさせる。そこに移り住みなさい。あなたの希望はなんでも言うがいい。好きなように模様替えさせる。では、私は執務へ戻る」

再び足を運ぼうとしたグレゴワールに、アリアドネは思わず立ち上がって前に飛び出し、彼の上着の裾を掴んだ。

「あのっ、待って」

「なんだ？　まだ希望があれば――」

「ち、違うんですっ」

アリアドネはまっすぐグレゴワールを見上げた。

「たった今、私たちは夫婦になったのですよね？」

「うむ」

「夫婦は、生活を共にするものだと、母上と姉上に聞きました」

「む――」

祖国へ別れを告げる前の二時間、母と既婚の姉たちがこぞってアリアドネのために、結婚や夫婦の心得を教え込んでくれたのだ。必ず言われたことを守るようにと念を押されていた。そのことを、必死に思い出していた。

「ええと、寝食を共にして、互いに支えあって、ええと……その、ひとつのベッドで休んで……ええと、その……あの、こ、子どもを作る、ええと、あれこれ……を、その……」

言っているうちに、自分で恥ずかしくなり顔が真っ赤になった。

「その……」

それ以上がよくわからなくて、もじもじとグレゴワールの裾をいじって黙り込んでしまう。

見下ろしていたグレゴワールの顔がふっと和んだようになる。

彼は振り返り、膝を折ってアリアドネの顔の位置に自分の顔を下ろした。

「王女殿下。あなたが覚悟を持ってこの国に嫁いできてくれたことを、感謝する」

「感謝……」

「だが、私はいたいけなあなたをどうこうするつもりはないのだ」

「え？」

「正直に言おう。私の臣下たちはいっこうに結婚しないことで、なんだかんだと五月蝿《うるさ》かった。これで私は煩わされることなく政務に打ち込める」

「え……」

「あなたは好きなように暮らしていい。着るものも食べるものも趣味も、なんでも好きにしてよい。この城で楽しく贅沢《ぜいたく》に暮らしなさい。私のことは気にするな」

「……」

グレゴワールが大きな手でそっとアリアドネの頭を撫でた。

「なにも心配しなくていい。あなたに手を出そうなどとは――」

アリアドネはやにわに彼の手を払いのけた。

「馬鹿にしないで！」

「――」

グレゴワールは驚いたように目を見開く。

部屋の隅に待機していたゴルゴンが、ぴくりと両耳をこちらへ向ける。

アリアドネは屈辱で頭が煮え立ちそうだった。

お飾りの妻だというのか。

こちらは一国を背負って、身一つでこの国に嫁いできたのに。

「く、屈辱、です。わ、私は物ですか？　陛下のお部屋に置いてある家具と一緒ですか？」

小柄なアリアドネが、子猫のように毛を逆立てて怒っているのを、グレゴワールは無言で見ている。なにか珍しい生き物でも見ているような視線で、それも馬鹿にされているようで、アリアドネの怒りに拍車がかかった。

「結局、陛下はどの王女でもよかったんですね。『あなたの周りは光に満ちていた』なんてキザなこと言って、喜ばせといて！　ウキウキしながらこの国に嫁いできた私は、なんて浅はかだったんでしょう」

グレゴワールは目を瞬いた。

「ウキウキ――していたのか、あなたは？」

「当然です！　こんなに格好よくて男らしい皇帝陛下の妻になれるのですよ！」

「え――」

「奥庭でお会いした時、私はひと目で虜《とりこ》になりました。名前もまだ知らなかった陛下のことを、あんな男性が恋人ならいいなぁ、なんてうっとりしたりして」

「む――」

「みそっかすの王女の私を選んでくださった時、私は天にも昇る心地でした」

「──」

「だから、祖国の何もかも捨てても、陛下に妻として添い遂げるんだって強く強く心に決めて……なのに、なのに、陛下のことはほっておいてくれって、ソレなんですか？」

怒りは次第に悲しみに変わっていく。

嗚咽《おえつ》が込み上げそうになり、泣くもんかと必死で唇を噛《か》み締《し》めた。

グレゴワールがそっと息を吐いた。

「私のあだ名を知っているか？」

「？」

「『氷の皇帝陛下』だ」

「こおり……」

「私は不正や悪を憎む。私やこの国に害なすものには、容赦しない。両親は腹心の裏切りにあって、命を落としている。だから、私は誰も信用していない。信じられるものは、己の力のみだ。皆が私を恐れ敬い、近づこうとしない。その方が、私も心乱されず平静でいられる。孤独は私にとって最高の友だ」

滔々《とうとう》と話し出したグレゴワールに、アリアドネは気を呑まれそうになる。

「えっと……なにをおっしゃられてるんでしょうか？」

「あなたは、『お引き渡しの儀』で身ぐるみ剥がれたろう？　なぜだかわかるか？」

「いいえ……」

「異国の女性が、私の暗殺を企んでいないか、武器や毒のたぐいをいっさい持ち込ませないためなのだ。非力な女性は、閨《ねや》で男の隙を狙って襲ってくる可能性が高いからな。かつての反乱は、父王の側室が寝返ったのがきっかけだった。だから、私は女性を信用しない。寝所も共にしないのだ」

「あ、暗殺……そ、そんなこと……」

「政略結婚にはよくある事だ」

アリアドネはぽかんとする。

孤独だの暗殺だの、殺伐とした言葉が並べ立てられて、びっくりしていた。

ただ、グレゴワールが全力でアリアドネを拒絶しようとしていることだけは、感じられた。

なんだかヤマアラシみたいだ、と思う。全身針だらけのヤマアラシに、誰も近づかないし触れようともしない。でも、奥庭にはヤマアラシも時々姿を見せ、アリアドネの手から餌をもらっていく。こちらに敵意がなければヤマアラシだってむやみに襲ってきたりはしないのだ——

また場違いなことを考えてしまった。

無言になったアリアドネにグレゴワールはうなずく。

「これでわかったかな？」

アリアドネは両手でグレゴワールの手を包んだ。

「あったかいです。ちっとも氷なんかじゃないです」

「む――私の今までの言葉を理解していないのか？」

「理解しました。陛下はとっても寂しいんだって」

「は？」

グレゴワールが目を見開いた。

アリアドネは潤んだ瞳で彼を見上げる。

「これまでずっと、お一人で辛かったんですね。でももう、私がいます。陛下、私が孤独の代わりに陛下のお友達になります」

「――」

「陛下がたくさん自分のことをお話ししてくれて、嬉しいです。これからも、もっといろいろお話ししてください」

「――っ」

グレゴワールが呆れたように深く息を吐いた。

「あなたは――ほんとうに子どもだ」

「子どもでも、陛下の妻になりました。陛下、これからよろしくお願いします」

「――私は」

アリアドネは慌てて首を振る。

「あ、でも、私のことは別に好きになってくださらなくてもいいんです。少しでも仲良くなれたら、それでいいの。だから、私をほっておかないで——私は、孤独は嫌い。寂しいのも耐えられないわ」

グレゴワールの手をぎゅっと握り、うるうると見つめる。

「——わかった」

根負けしたようにグレゴワールが答えた。

アリアドネはにっこりする。

「よかったぁ、やっぱり人間は話せばわかりあえるんですね」

グレゴワールが軽くため息をついた。

「いや、わかりあえたような気はしないが」

と、遠慮がちに応接室の扉がノックされた。

「あの——陛下。お茶を運んでもよろしいでしょうか？」

ずいぶん前に到着していたらしい小姓は、グレゴワールとアリアドネが言い争ってるようなので、入るに入れなかったらしい。アリアドネはグレゴワールを差し置いて、返事をしてしまう。

「あら、お茶ね、嬉しいわ。入ってください。ね、陛下一緒にお茶を飲みましょう」

「む」

小姓が茶器を載せたワゴンを押して入ってくる。

テーブルの上に並べられるティーセットやお菓子の皿を、アリアドネはキラキラした目で見つめていた。さんざん泣いたり喚《わめ》いたりしたので、喉がカラカラだったのだ。それに、祖国では見たこともない様々なお菓子が銀の皿の上にずらりと並んでいる。どれもこれも美味《おい》しそうでよだれが出そうだ。

「わあ、すてき！　陛下、お茶を飲んで、それから、一緒にお食事して、それから、一緒に寝ましょうね？」

アリアドネが快活に言うのを、グレゴワールは小姓の手前もあるのかむすっと答える。

「そういうはしたないことを、人前で言うものではない」

「あ、お食事がはしたなかったですか？」

「もうよい」

素っ気なく答えたが、不機嫌そうには見えなかった。

アリアドネはこちらに来たそうにうずうずしているゴルゴンを見て、手招きする。

「おいで、ゴルゴン」

ゴルゴンはぱっと立ち上がり、グレゴワールの顔色を窺いつつも、ゆっくりとアリアドネの足元へやって来て、そこに伏せた。アリアドネはゴルゴンの大きな頭を優しく撫でた。

「うふふ、可愛い。陛下の愛犬はとっても可愛いわ」

グレゴワールは呆れたようにこちらを見ている。

「ゴルゴンは闘犬にも使われる凶暴な種類の犬だ。あなたは怖くないのか?」

「え、どうして? ぜんぜん怖くないです」

にこにこして答えると、グレゴワールは首を軽く振った。

「あなたは——不思議な人だ」

その後は、アリアドネはずっとグレゴワールにべったりつきまとった。

当初は公務に戻るつもりだったらしいグレゴワールは、仕方なくクラッセン少尉を呼び、今日の執務は終了することを告げた。

だだっ広い食堂で、見たことも味わったこともないご馳走《ちそう》ばかりの晩餐《ばんさん》を共にし、再びグレゴワールの私室に戻ってきた。

グレゴワールは自分の部屋なのに、なにか居心地悪そうで、口早に言う。

「私は、別室の浴室で湯浴《ゆあ》みをする。あなたは、ここの浴室を使いなさい。今、侍女たちを招き入れる。旅の疲れを取るといい」

「はい。そのあとは、寝室でお待ちしていればいいんですか?」

無邪気に聞き返すと、グレゴワールが困惑したような表情になる。

「王女殿下——あなたは男女が同衾《どうきん》することについて、なにも知らないな?」

「どうきん――一緒に寝るんでしょう?」

「それだけか?」

「ええと……あとは、皇帝陛下にすべてお任せすればいいって、母上も姉上も……」

「そうか」

「はい」

「――これは参ったな」

グレゴワールが頭を振る。

「はい?」

「いや――とにかく、湯浴みしなさい」

「はいっ」

退出したグレゴワールと入れ替わりに、「お引き渡しの儀」の時に立ち会ってくれたエメリア始め顔見知りの侍女ばかりが入ってきたので、ホッとした。

浴室に案内されると、手際よく脱がされていく。「お引き渡しの儀」の時に、エメリアたちに全裸に剥《む》かれていたので、前よりは恥ずかしくなかった。

浴室は白と青のタイル張りで、球技でもできそうなほど広かった。その中央に、黄金の浴槽が置かれていて、たっぷり張られたお湯の上には一面によい匂いのする薔薇《ばら》の花びらが浮かべられていた。グレゴワール用の浴槽なのだろう。小柄なアリアドネが身を沈めると、深くて広くて溺れそうになる。

　エメリアが蜂蜜の匂いのするシャボンをたっぷり泡立てて、アリアドネの全身をくまなく洗ってくれる。もう一人の侍女が髪を洗う。他の侍女たちは、アリアドネの全身を揉《も》みほぐす。至れり尽くせりだ。

「透けるように色が白くて、すべすべしたお肌で、ほんとうにお美しいですわ。髪の毛もたっぷりとして艶やかで、こんなに可憐《かれん》なお嫁さんは見たことがありませんよ」

　エメリアが優しいので、アリアドネはつい気安くなる。

「あの……私は側室でしょう？　こんなによくしていただいていいのかしら？」

「えっ？」

　エメリア始め侍女たちが一瞬手を止めてしまう。エメリアが遠慮がちにたずねる。

「僭越ながら、アリアドネ様は婚姻証明書にサインをなさったとお伺いしましたが」

「ええ、したけど」

「では、アリアドネ様は正妻になられたのでございますよ。この国では、婚姻できるのは正妻だけですから」

「えっ？　えええええっ？」

　変な声が出て、思わず浴槽から立ち上がりそうになり、つるっと足が滑って湯の中に沈み込んでしまう。慌ててエメリアたちが引き上げた。

「がぼ、げほ、げほっ」

「だ、だいじょうぶですか、アリアドネ様？」

噎《む》せ込んだアリアドネを、全員が必死になって介抱する。

浴槽から抱いて運ばれ、ふわふわの大きなタオルに包まれ丁寧に拭かれた。

全身に花の香りのクリームを塗り込まれ、化粧台の前に座らされ洗い髪を丁寧に梳《くしけず》られ、羽のように軽い絹の寝間着を着せられる。

すっかり支度が整うまで、アリアドネは茫然自失《ぼうぜんじしつ》の態であった。

背後からふんわりとガウンを着せかけたエメリアが、気遣わしげに言う。

「寝室へ案内しますが、ご加減はよろしいでしょうか？」

アリアドネは機械的に答える。

「はい……」

グレゴワールの私室の一番奥の寝室へ案内された。

ふかふかの絨毯《じゅうたん》が敷き詰められた広い寝室の真ん中に、天蓋付きの大きなベッドが鎮座している。部屋の灯《あか》りはベッド脇の小卓の上のオイルランプと、大理石の暖炉の熾火だけだ。

「では、私どもはこれで失礼します。おやすみなさいませ」

エメリアたちが頭を下げ、しずしずと寝室を出て行った。扉が閉まる前にゴルゴンがするりと侵入してきて、暖炉の脇に伏せた。

取り残されたアリアドネは、ぽつんと寝室の中に立ち尽くす。やっと頭が回転し始める。ガウンの長い裾を引きずりながら、部屋の中をぐるぐる歩き回った。

「ええと、待って待って。正妻……って、つまり、お妃様ってことよね。お妃様って、お妃様って……皇妃ってことよね……ええっ、皇妃？　わ、私、皇妃なの？」

目の前がクラクラしてきた。

モロー王家では側室を差し出すつもりでいたのだ。だからアリアドネも、てっきり自分は側室扱いだと思い込んでいた。

グレゴワールの妻にはなるが、正妻になるはずもないと思っていた。

これは何かの間違いだろう。

小国のみそっかすの王女が、大国バンドリアの皇妃になるはずがない。

どこかで手違いが起きたのだ。

「お、落ち着いて、落ち着いて……そうよ、グレゴワール様の勘違いかもしれないわ。ええと、まず、あの婚姻証明書を取り消してもらって……」

考え事に耽《ふけ》っていたので、ふかふかの絨毯に足を取られ転びそうになった。

「きゃっ」

「危ないっ」

目にも留まらぬ速さで、グレゴワールのたくましい腕がアリアドネを抱きとめていた。

「あ？」

「まったく。あなたはどこでも転ぶ」

ガウン姿のグレゴワールがしかめつらで言う。

彼も湯上りのようで、ほかほかしていて甘いシャボンの香りがしている。洗い髪が知的な額に乱れかかり、少しだけ少年ぽく見えた。それもまた素敵だ——などと、見惚れている場合ではなかった。

「ちょ、ちょちょちょ……」

焦って口がうまく回らない。

「どうした？　とにかく座りなさい。なにか飲むか？」

促され、ベッドの端にちょこんと腰掛ける。

小卓の上の水差しから小さなグラスに水を注いで、グレゴワールが差し出してきたので、ひったくるように受け取って、ぐびぐびと一気に飲み干した。

飲み干してから、水ではなく甘めの寝酒だったことに気がついた。かあっとお腹が火が点《つ》いたみたいに熱くなった。頭にぐんぐん血が上り、急に気持ちが大きくなるような気がした。

グレゴワールが目を丸くする。

「なかなかの飲みっぷりだな」

「陛下っ」

アリアドネはぱっと立ち上がり、上背のあるグレゴワールにしがみついた。

「取り消してくださいっ」

「何をだ？」

「婚姻ですよっ」

グレゴワールの目がすっと細まった。

「やはり、後悔したのか」

「違いますっ。グレ様の妻になるのはおおいにけっこうです」

「グレ様――って。もう酔ったのか？」

「私、正妃になったって、さっき知りました。それ、取り消しましょう」

「さっき――あなたは婚姻証明書にサインしたではないか」

アリアドネは苛立たしげにグレゴワールのガウンの前合わせを揺さぶる。

「だーかーら、まさか正妃だなんて思ってもいなかったんです。私なんか、側室で充分ですから。グレ様、今すぐ、側室に格下げしてください」

グレゴワールが呆れたように首を振る。

「正妃にしろと迫るならともかく、格下げしろとは」

「だって、だって……モロー王国なんて、バンドリア帝国がくしゃみしたら、地の果てまで吹き飛んでしまうくらいちっぽけなんですよ、その国の中でも、一番みそっかすの王女が私なんですよっ」

「あなたの比喩は面白い」

「か、感心している場合じゃないです。だから、すぐに婚姻証明書を……」

「もう法務省に提出してしまった。取り消すには離婚しかない。当日結婚して当日離婚するなど、バンドリア帝国の歴代皇帝の中でも前代未聞だな」

「あうう……」

さすがにそれは、グレゴワールの評判を落としてしまうだろう。

アリアドネはベッドにぺたんと腰を落とし、頭を抱えてしまう。

「私ったら、いつもぼんやりしてるから……サインする前に確認すればよかった」

「王女殿下」

「姉上たちにもいつも注意されていたのに。『アリアドネ、あなたは少しおっちょこちょいなところがあるから、行動する前に一度立ち止まってよく考えるのよ』って」

「王女殿下――アリアドネ殿」

初めて名前を呼ばれ、アリアドネはハッと顔を上げた。

目の前に跪いたグレゴワールの端整な顔があって、心臓がドキンと跳ね上がる。

彼はまっすぐこちらを見つめて言った。

「アリアドネ殿。私はあなたを正妃に選んだ。それを撤回するつもりはない。あなた以外、ほかの側室を娶る気もない」

「え……？」

グレゴワールはさらに顔を寄せてくる。鼻腔《びこう》を擽るシャボンの香りが強くなる。

「私は、あなたでいい」

「……ぅ」

寝酒で一気に酔ってしまって、空耳が聞こえているのだろうか。

「あなたがいい」

脈動がどんどん速まり、全身が熱くなってくる。

「わかったかな？」

「は、い……」

「よし。では、もう今夜はゆっくり休みなさい。私は隣の予備室のベッドで休むから」

グレゴワールが立ち上がろうとしたので、アリアドネははっしとガウンの襟を掴んだ。正妃にすると言ったけれど、夫婦になる気はないというのだろうか。そんなの寂しすぎる。このまま彼に行かれたくない。

「ま、ま、待って……」

うるうるとすみれ色の瞳で見上げた。

「夫婦になったのなら、せめて、キスを――キスしてください。お休みのキスでいいから」

「む――そうか」

グレゴワールが身を屈《かが》め、顔を近づけてきた。

アリアドネは息を詰めて、目を思いきり見開いて待つ。

実のところ、身内以外にキスをされるのは生まれて初めてである。

「アリアドネ殿、目を閉じなさい」

苦笑混じりに言われ、

「は、い」

慌ててぎゅっと目を瞑る。

柔らかな息遣いが頬を撫でる。

そして、少しカサついたでも温かな唇がそっと触れてきた。

「――！」

おでこか頬にされるものと思い込んでいたので、唇を重ねられてアリアドネの心臓は踊り上がった。

憧れの男性からの初めてのキス――甘やかな幸福感が全身に満ちていく。

だがそれもつかの間、すぐに唇は遠ざかろうとする。

思わずグレゴワールの襟元を放すまいと強く握りしめ、引き寄せた。もうちょっとだけ、もう少しだけこの幸せを噛み締めさせて。

顎を持ち上げ、自分から唇を押し付ける。

「っ――」

グレゴワールが小さく鼻息を漏らす。

彼はおもむろにアリアドネの横に腰を下ろし、背中に腕を回してぐっと引き寄せた。唇が強く重なる。

「んっ……」

唇が捲れて、内側の粘膜が触れ合う。ぬるっとした感触に、息が止まりそうになる。

ちろりと唇の内側を舐《な》められた。

「っっ……？」

そんなことをされるとは思ってもいなかったので、びくんと腰が浮いた。

声を上げようと口を開くと、そのまま何かが侵入してくる。

「ふ、ぅ……？」

ぬるついて熱くて肉厚なグレゴワールの舌が押し入ってきたのだ。

彼の舌が、アリアドネの小さな口腔《こうこう》の中を探るように舐《な》め回した。

「ん、ん、ぅ」

こんなキスがあるのか？

唇が触れ合うのがキスではないのか？

混乱しうろたえているうちに、グレゴワールの舌が怯《おび》えて縮こまるアリアドネの舌をぬるぬると舐めた。

「ふ、ぁ、あ」

驚いて舌で彼の舌を押し返そうとすると、ちゅうっと音を立ててその舌先を吸い上げられた。

「んんっ、んんぅ……っ」

刹那、うなじのあたりに甘く痺《しび》れるような未知の快感が走り抜けた。

心地よいけれど怖くて、身を引こうとしたら背中に回したグレゴワールの手がさらに引きつけてきて、胸がぴったりと合わさった。爆発しそうな心臓の音が、グレゴワールに直に響いてしまうだろうと、さらに焦った。

グレゴワールは舌の付け根を甘噛みしては、何度もアリアドネの舌を吸い立ててくる。

「ふ、ふぁ、ぐ、んんんっ」

息ができないし頭はクラクラするし心臓はばくばくいうし、今まで感じたこともない陶酔感に気が遠くなりそう。

グレゴワールのもう片方の手が髪の毛の中に潜り込み、アリアドネの耳の後ろや後頭部をゆっくりと撫でた。

風邪を引いたときのような悪寒が背中をゾクゾク震わせる。でも、不思議と気持ちがいい。

「はぁ……ぁ、あ」

怖い。もうダメだ、おかしくなってしまう。

アリアドネは華奢《きやしや》な両手で力いっぱいグレゴワールの胸を突き飛ばした。彼はビクともしなかったが、驚いたように顔を離した。

「どうした、アリアドネ殿？」

やっと呼吸ができた。

アリアドネは夏場の犬みたいにはあはあしながら言う。

「キ、キスしてくださいって、言ったのに！」

グレゴワールは眉を顰《ひそ》める。

「だからキス、だろう？」

「ち、違いますっ」

「違うのか？」

「キスっていうのは……」

アリアドネはやにわにグレゴワールの襟を引き寄せ、彼の鋭角的な頬に唇を押し当てた。それから、ついでのように唇に軽くちゅっと音を立ててキスをする。素早く顔を離し、涙目でグレゴワールを睨んだ。

「こういうのじゃないですかっ。舐めるなんて、失礼ですっ」

グレゴワールが目を見開く。そしてぽかんと無言でこちらを見つめている。なにか言いたげである。

「なにか？　文句があるなら言ってくださいっ」

「む──」

グレゴワールが喉の奥で唸《うな》る。

彼の片手が、アリアドネの柔らかな頬をそっと撫でた。無骨で大きな手の感触に、アリアドネの心臓が再び昂《たか》ぶる。

グレゴワールは今まで見たこともないような柔和な表情になった。

「アリアドネ殿──無垢で初心《うぶ》で純情な王女よ。あなたには、一からなにもかも教えていかねばならぬな」

「……」

「私とほんとうに夫婦になりたいのか？」

アリアドネはこくこくとうなずく。

「当然です。祖国を出るときからとっくに決心をしていました」

「そうか」

おもむろにグレゴワールが立ち上がった。

そのまま寝室を出ていってしまう。ゴルゴンがその後についていく。

アリアドネは悄然《しょうぜん》とした。

キスをねだったのが彼の逆鱗に触れたのだろうか。

ずうずうしい小娘だと思われたのか。

しょんぼりとうつむいていると、すぐにグレゴワールが戻ってきた。ゴルゴンはいなかった。

グレゴワールは再びアリアドネに寄り添ってベッドに腰を下ろす。

「今、番兵を通して臣下に命じてきた」

「はい？」

「私は明日は一日公務を休む、と」

「は？」

グレゴワールが口角を上げて微苦笑のような顔になる。

「私が皇帝の座に就いてから、公務を休むのは初めてだ。未曾有《みぞう》の事態だと、皆が右往左往うろたえていた——なかなか痛快であった。ゴルゴンも廊下に待機させた。もう、二人きりだ」

グレゴワールの手がアリアドネの小さな顔を撫《な》で回す。

長い節高な指が、壊れ物を扱うみたいにそっと額や頬、鼻、唇のラインを辿《たど》っていく。それだけで、なぜかアリアドネの体温は急上昇していく。

「今宵《こよい》、あなたと夫婦になろう」

「へ？」

思わず珍妙な声を出してしまう。

「なにもかも、あなたに教えて上げよう」

「あ、は、はい……」

「まず、キスだが――」

端麗な顔が接近する。

「アリアドネ殿、口を開けて」

「あ、こうですか?」

言われるままにああんと口を開けると、やにわに唇が重なる。濡れた彼の舌先が唇を舐めたかと思うと、すぐさま口腔に侵入してきた。

「ふ、ぐ……」

唇の裏、歯列、口蓋、喉の奥まで満遍なく舐め回される。ぬるぬる動く相手の舌の感触が、あまりに艶めかしくて呆然とされるがままになってしまう。

「ふ、ふぅ、ん、んんぅ」

最後に舌を絡め取られ、強く時に弱く緩急をつけて吸い上げられた。背筋に甘い未知の痺れが繰り返し走る。全身が強張って、息もできない。

怖い。でも、不快ではない。

いや、酩酊《めいてい》している。寝酒のせいだろうか。頭が妖しい愉悦にぼんやりと霞《かす》んでいく。

「んゃ、や、やぁ……ふ、ぁ、ぁ、んん」

心地よく感じてしまうことに不安になり、くぐもった声で抗議しようとしたが、グレゴワールの片手が後頭部をしっかりと支え、もう片方の手が背中を引きつけてきて、身動きできない。

四肢が痺れて力が抜けていく。

長い長い、アリアドネには永遠のように思える時間、グレゴワールはたっぷりと彼女の舌を味わい尽くした。

やがてグレゴワールがそっと唇を解放した。嚥下《えんげ》し損ねた唾液が、二人の唇の間に長い銀の糸を引いた。

「……ぁ、ああ……は、ぁ……」

アリアドネは浅い呼吸を繰り返しながら、ぐったりとグレゴワールの腕の中に抱かれていた。

「——アリアドネ殿、これが大人のキスだ。わかるか？」

グレゴワールは火照ったアリアドネの額や頬に唇を押し付け、耳元でささやく。

「おとな、のキス……」

初めて知る大人のキスはまるで嵐みたいに荒々しく情熱的で、アリアドネのすべてを奪いつくすような気がした。どっどっと早鐘を打つ心臓の音が、グレゴワールにも聞こえてしまいそうだ。

グレゴワールはアリアドネの小さな顔中にキスの雨を降らしながら、大きな手で細い首筋や華奢な肩を撫で回した。

その手がゆっくり下りてきて、薄い寝間着越しにアリアドネの乳房を包み込んだ。慎《つつ》ましい乳房は、すっぽりとグレゴワールの手の中に収まってしまう。

「あっ」

身体を異性に触れられるのは生まれて初めてで、びくりと身が竦んだ。

「怖くない。抵抗しないで、私のなすがままにして」

耳孔に艶めいた声が吹き込まれ、擽ったいのに身体中が妖しく熱くなっていく。

「は……い」

グレゴワールは唇ですりすりとアリアドネの耳朶《じだ》や耳裏を擦りながら、ゆるゆるとアリアドネの乳房を揉《も》み込《こ》む。そうしながら、彼の人差し指は小さな乳首を探り当てる。

「ぁ……ぁ、や……」

指先がくりくりと円を描くように乳首を撫で回すと、ちりっと灼《や》け付くような甘く疼《うず》くような感覚が下肢の方に走っていく。

なぜだか柔らかい乳首が次第に凝ってツンと尖り、ひどく敏感になっていく。グレゴワールの指の指紋すらわかるような気がした。そして、甘い疼きは下腹部の奥の方に集中していく。自分のあられもない部分がきゅんとせつなく締まるのがわかった。その妖しい疼きがどんどん膨れ上がって、感じたこともない淫らな気持ちが昂ぶっていく。

「んゃ、や、やあ、だめ、もう、触っちゃ……」

アリアドネは弱々しく身を捩ってグレゴワールの手を振り払おうとする。

「どうして？」

グレゴワールの低い声にすら、恥ずかしい部分がぴくぴく反応するのがわかる。

「へ、へんな気持ちに……なんだかざわざわして……」

「――感じているのか？」

「か、感じ……？」

ふいに、グレゴワールが尖りきった乳首に爪を立て、同時に柔らかな耳朶をねろりと舐めた。

「ひゃあぅっ」

強い刺激が背中を駆け抜け、アリアドネは甲高い声を上げてしまう。

「無垢な身体だな」

乳房をいじっていたグレゴワールの手が、寝間着の前閉じのリボンをしゅるしゅると解いていく。はらりと前が開いて、素肌が露《あら》わになった。

「あっ、きゃ、やだ、だめ」

思わず両手で胸を覆う。

「隠さないで」

グレゴワールの手がそっとその手を外す。薄明かりの中に、慎ましい白い乳房が浮かび上がる。

「やだ、見ないで……」

恥ずかしさに頭が煮え立ちそうだ。

「なぜ？」

「だ、だって……ち、小さいし……」

姉上たちは皆、肉感的でとても女性らしい身体付きをしている。彼女たちは胸を強調したドレスがよく似合って、アリアドネは、いつまでもたっても少女のような未成熟な肉体を密かに恥じていたのだ。

「小さくて可愛らしい胸だ」

グレゴワールがじかに乳房に触れてきて、やわやわと揉んでくる。

「すべすべして、とても触り心地がよい」

グレゴワールが慰めみたいなことを言う。

「そんなの……」

と、やにわにグレゴワールが胸元に顔を埋め、ぽっちりと赤く勃ち上がった乳首を咥《くわ》え込んできた。

「んゃあぁ」

じんと甘い痺れが瞬時に下腹部を襲い、その痺れは全身に広がっていく。

わずかに顔を上げたグレゴワールが目を細めた。

「それに、とても感じやすい」

再び乳首を口に含まれ、濡れた舌先がちろちろと先端を転がす。もう片方の乳首は指先で弄ばれる。じわっじわっと甘く心地よい刺激が生まれて、アリアドネは背中を仰《の》け反《ぞ》らせて身悶《みもだ》えた。

「あ、ぁあ、あ、やぁ、そんなにしちゃ……ぁ、あぁ……」

グレゴワールがちゅっちゅっと音を立てて、交互に乳首を吸い上げてきた。

ゾクゾクする。痺れる。落ち着かない。

でも、気持ちいい。

そう、気持ちいいのだ。せつなく甘く、はしたなく、気持ちいい。

恥ずかしい声が自然と漏れて、止められない。

「んん、あ、あ、は、ぁ、あぁ、も……しないで、だめ、しちゃ……」

はしたない箇所がどんどん熱を持って、居ても立ってもいられないやるせない気持ちにさせる。

こんな感覚は初めてで、どうしたらいいかわからない。

もじもじと太腿《ふともも》を擦り合わせ、疼く感覚を遣《や》り過《す》ごそうとする。でもきゅうきゅう奥が蠢《うごめ》く感じはどんどん強くなる一方だ。

「あぁ、あ、あ、グレ様ぁ、だめ、なんかもう、だめ……」

アリアドネが声を震わせる。

「そこが濡れてきたか？」

胸を弄《いじ》っていた手が、するすると下腹部へ下りてきて、太腿を撫で回した。

「ぬ、濡れ……？」

意味がわからない。

だが、無骨な指が内腿《うちもも》を撫でると、ゾクゾク感が増幅してあられもない部分が痛いほど疼く。

グレゴワールの手が太腿を割り開こうとする。

「あ、やだ」

思わずきゅっと膝に力を込めたが、そんな行為は意味がなく、やすやすと両足を割り開かれる。グレゴワールの長い指先が、薄い恥毛をさわさわと撫でる。そしてゆっくりと慎ましい割れ目に触れてきた。

びくんと腰が跳ねた。

「ひゃ、や、そこ、やだ、そんなとこ、だめぇっ……」

自分でも触れたこともない箇所を弄られ、頭が羞恥で真っ白に染まる。

「ほら、濡れている」

グレゴワールが嬉しげな声を出した。彼の舌が乳首から移動して、首筋をねろねろと舐めると、震えるほど甘く感じてしまう。割れ目を撫でる彼の指が、ぬるりと滑る感触がした。

「え？　え、なに？　なんで……あ、ぁ、あ、あ」

グレゴワールの指先が、割れ目を押し開くように撫でると、なにかがとろりと溢《あふ》れてくる気がした。

そして、秘所を上下に撫でられると、痺れるような快感が走った。

「だめ、あ、そこ、あ、や、あ、あぁ、あぁ……」

くちゅくちゅと粘ついた音が立ち、花弁のあわいを掻《か》き回されると、媚肉の奥がきゅうっと収縮して、淫らな快感に爪先に力が籠る。

こんな恥ずかしいところを弄られて、気持ちよくなってしまうなんて。

「んんぅ、ん、だめ、だめ、なのに……ぃ、あ、ぁ、あん……ん」

全身の神経がグレゴワールの指の動きを追ってしまう。

「どんどん潤んできて――素直だね。気持ちいいのだろう？」

こりっと耳朶を甘噛みされて、背中が慄《わなな》く。

「ひゃあっ、あ、耳、やだ、耳も……ぁ、あ、ん、ん」

もはや、グレゴワールに触れられる箇所は、どこもかしこも火が点いたみたいに熱く燃え上がるようだ。

アリアドネはグレゴワールのガウンの襟をぎゅうっと掴み、頽《くずお》れないでいるのがやっとの状態だ。

「もっと、気持ちよくしてあげよう」

蕩《とろ》けた蜜口の浅瀬をぬるぬると掻き回していた指が、割れ目の上の方へ移動し、そこに佇む小さな突起に触れた。

「んんっ？　はあぁあっっ」

凄《すさ》まじい悦楽が、一気に脳芯まで貫いた。

一瞬、自分になにが起こったかわからないほどだった。

グレゴワールがぬるつく指でその小さな蕾《つぼみ》を撫で回すと、そこはみるみる膨れていく。そして、どうしようもない快感が途切れなく襲ってきた。

そして、隘路《あいろ》の奥からどっと新たな蜜が噴き出してくる。

「あっ、あ、あ、グレ様、そこ、やめ……あ、あぁ、は、はぁ……っ」

びりびりと強い快楽で全身が慄く。

「ここが感じるだろう？　気持ちよいか？」

溢れる甘露を指の腹で掬《すく》い、秘玉に塗りこめるみたいに擦られると、快感は耐えきれないほど強くなった。

気持ちいい。でも、怖い。怖い。思考が奪われていく。どうしていいかわからない。

「だめ、しないで、もうしないで、だめ、おかしく……ね、ねえ、ねえ」

これ以上はもうダメだ。

力の抜けた手で彼の手を払いのけようとしたが、ビクとも動かなかった。

「あ、あ、いや、だめ、だめ、だめぇ」

どうしようもない愉悦に翻弄され、アリアドネの目尻から生理的な涙がポロポロ零れ、いやいやと首を振って抵抗するのが精いっぱいだ。

「だめではないだろう？　もっとだろう？　幼いアリアドネ、あなたに大人の快楽を教えてあげよう」

低く掠《かす》れた声でそう言うと、グレゴワールは充血しきった花芽に指を押し当て、小刻みに揺さぶってきた。

「あああ、あ、あ、あ、やだっ、あ、だめ、あ、なにか……あぁ、なにか……っ」

気持ちよいの先に行ってしまう。

耐えられない快感に、目の前にチカチカ閃光《せんこう》が瞬く。

「ダメダメ、だめぇ、おかしく、どうしよう、ああ、どうしよう……っ」

なにかに崖っぷちに追い立てられるような感覚。

「そのまま、アリアドネ、達《い》ってごらん」

ぬるっと耳孔にグレゴワールの舌が押し込まれ、がさがさと掻き回した。同時に、秘玉を弄る指の動きが速まった。

「あああっ、あ、あ、いやぁ、あ、だめ、だめぇぇぇっっ」

なにかの限界に達した。

全身が棒みたいに強張り、息が止まり、意識が飛んだ。

びくびくと媚肉中が収斂《しゅうれん》して、深い快楽だけが感覚を満たす。

「……あ、あ、あ、ぁあ……っ」

永遠のような一瞬のような時間が過ぎ、ふいに身体から力が抜ける。

アリアドネは忙《せわ》しない呼吸をしながら、ぐったりとグレゴワールの胸に倒れ込んだ。

「はぁ、は、はぁ、ぁ……」

「初めて達《い》ったね。いたいけなアリアドネ」

グレゴワールが汗ばんだ身体を抱きしめ、目尻に溜《た》まった涙を唇で受けながらささやく。

「い、いく……？」

「気持ちよすぎて、限界を超えてしまうことだよ」

「わ、たし……達ったの？」

「そうだ、とてもよかったろう？　でも、花芽の刺激だけでは、奥が物足りないだろう？」

グレゴワールはそう言うと、陰核を撫でていた指をおもむろに、ひくつく媚肉のあわいに押し入れてきた。

「あぅ、あ、やっ、指……ぃ……」

胎内に初めて異物が侵入してくる感覚に、アリアドネは大きく腰を浮かせた。狭い隘路が引き攣《つ》れるように軋む。思わず身を竦ませてしまう。

「痛……っ」

「痛いか？」

グレゴワールの指がゆっくりと抜けていく。そして潤んだ蜜口を再び掻き回す。親指が腫れ上がっている突起をゆるゆると撫でると、再び耐えられない快楽が生まれてきた。

「ぁ、あぁ、や、あん……ん」

艶《なまめ》かしい鼻声が漏れてしまう。全身の強張りが解けてくる。ぷしゅっと新たな愛蜜が噴き出してくる。

その滑りを借りて、人差し指が再びぬくりと侵入してくる。

「あっ……ぁ」

今度は痛みはなかった。

ただ、ゆるゆると異物が胎内を探る感覚が不可思議で、ひくりと喉が鳴った。

「まだ痛いか？」

グレゴワールが反応を伺うように顔を覗《のぞ》き込《こ》んでくる。

「い、痛く、はないです……でも、変な感じ……」

「ひどく狭いからな、少しでも広げておかないと――あなたの初めてを辛くしてしまう」

さらに奥に指が押し入ってくる。

「広げる、の？　あ、あ、そんな奥……あ、嘘……」

長い指がじりじりとさらに奥へ挿入ってくる。胎内を異物で犯される恐怖に、背中が慄く。

「や、怖い……怖い……」

グレゴワールはあやすようにアリアドネの顔中にキスの雨を降らす。

「怖くない、大丈夫だ、ほらもう指の付け根まで挿入《はい》った」

指の根元まで押し入ると、グレゴワールは指先でぐにぐにと内壁を掻き回す。

「ひゃうっ、あ、あ」

「痛いか？」

「い、痛く、ない、けど……」

「そうか。どこが感じるか、言ってごらん」

節高な指が隘路をまさぐる。

「ん……」

言われるままに意識をグレゴワールの指に集中する。

最奥まで挿入した指が、ゆっくり抜け出ていき、再び押し入ってくる。抜き差しを繰り返されると、ぐちゅりと愛液が噴き出す。そのせいで、指の動きが滑らかになり、違和感が薄れていく。

グレゴワールが指をカギ状に曲げて、奥のどこか天井あたりを押し上げた瞬間、尿意を我慢するときのようなつーんとした痺れが走った。

「あっ？　そこっ？」

思わず声を上げると、

「ん？　ここか？」

と、グレゴワールの指がさらにそこをぐぐっと押し上げる。尿意がさらに強くなり、同時に重苦しい快感も生まれてくる。

「やっ、だめ、そこ、やだっ」

身じろいで訴える。

「だが、あなたの中はきゅうきゅう嬉しげに締めてくるぞ」

グレゴワールは容赦なく、アリアドネの新たな性感帯を責めてくる。

「あ、あ、やあ、だめ、そこ、しないで……あ、なんだか、ああ、なんだか……」

花芯をいじられて瞬時に達してしまった時とは違って、深い愉悦がじわじわと迫《せ》り上がってくる。グレゴワールを押しやろうとしていた両手が、いつのまにか引き付けるみたいに彼のガウンの襟を握りしめている。

「気持ちよいか？　ここはよいか？　アリアドネ？」

グレゴワールはアリアドネの反応を窺う。

「ん、んんん、わから……」

「指、二本、挿入できそうだな」

独り言みたいにつぶやいたグレゴワールは、人差し指と中指を揃えて挿入する。濡れ果てた媚肉は、案外すんなりとそれを受け入れてしまった。ただ、めいっぱい隘路を満たされている感覚が強くなり、刺激がさらに深まった。

「あっ、あ、あ、ひ、あ」

グレゴワールの指が行き来するたびに、無垢な膣襞《ちつひだ》がくちゅくちゅと卑猥《ひわい》な音を立てる。でももうそれを恥ずかしがっている余裕はなかった。

すごく濡れている、と自覚した。だって、溢れた愛液でシーツまでぐっしょりしている。自分の中からこんな恥ずかしい液体がいっぱい漏れるなんて、知らなかった。いや、夫婦の営みなんて知らないことだらけだ。それを、グレゴワールが一つ一つ教えてくれている。

次第に抜き差しする指の動きが速まってきた。粘膜が泡立つ愛液でぐちゅぐちゅと卑猥な音を立て、せつないようなやるせないような甘苦しい快感がどんどん押し寄せてくる。

「やぁ、あ、グレ様、あ、だめ、あ、なにか……あ、あ、は、はぁ……だめ、そんなの、だめぇ」

魂がどこかに飛んでいきそうな錯覚に陥る。気持ちいいのに怖い。

さらに強くグレゴワールにしがみつく。

「素直で可愛い無垢な身体だな、アリアドネ殿、ほら、これも気持ちいいか？」

指の抽挿を繰り返しながら、同時に親指がひりつく花芽を撫でる。びりっと痺れる愉悦が腰を走り抜け、もうなにがなんだかわからない。

「う、きゃぁ、あ、やだ、そこだめ、あ、そこもだめぇ、あ、ああ、あ」

「中が指に吸い付くな、感じているね、アリアドネ殿。いいか？」

「ん、んんん、ん、い、いい……です、いい……」

恥ずかしいセリフを口にしてしまう。

こんなに何度も感じてしまう自分が自分じゃないみたいだ。

ああ変えられていくんだ、と愉悦と寝酒で酩酊した頭の隅で思う。

グレゴワールの手で、大人の女性に変えられていく。

嬉しい、嬉しい、もっと変えてほしい。

ほどなく、お腹の底から迫り上がってきた大きな快楽の塊が、アリアドネを限界へ追い詰める。

「あ、あ、ああぁ、あ、なにか、あ、来る……あ、どうしよう、あ、いやぁ、いや、だめ、だめぇ、だめぇ」

「このままもう一度、達ってごらん」

グレゴワールの指が秘玉の裏側を擦り上げ、奥のぷっくり膨れた天井を押し上げた瞬間、アリアドネは濃密な絶頂に達した。

「いやぁあ、あ、いや、あ、ああああああっ」

頭の中が真っ白になり、びくんびくんと腰が浮く。

全身がぴーんと突っ張った瞬間、グレゴワールが指を引き抜いた。その喪失感に、再び軽く達してしまう。

「はぁっ、は、あぁ、あ……ぁ」

ぐたりと身体から力が抜け、グレゴワールがそっとシーツの上に仰向けに寝かせた。

彼はまだ快楽の余韻にぼんやりしているアリアドネを見下ろしながら、素早くガウンを脱いだ。引き締まったがっちりした裸体が露わになる。

「ぁ……」

生まれて初めて目の当たりにする男性の裸体を、アリアドネはぼんやりと見惚れていた。神話に出てくる英雄みたいに格好いいなあ、などと思う。

だが、グレゴワールの下腹部の憤った灼熱《しゃくねつ》の欲望を見た瞬間、ぴきーんと思考が固まってしまった。

大きい。

丸太ん棒みたいに太くて長くて、禍々《まがまが》しいほどに反り返っている。いや待て、男性器ってこんなになるものなの？

「きゃっ……」

小さく悲鳴を上げて両手で顔を覆ってしまった。

グレゴワールが低く掠れた声を出す。

「勃起したモノを、初めて見たか？」

アリアドネは顔を覆ったままコクコクと頷《うなず》いた。そもそも、大人の男性器を初めて見たのだ。

「そうか」

やにわに片手を掴まれ、顔から外された。掴まれた手が、グレゴワールの股間に導かれる。

「あっ」

男性器に手が触れて、びくりとする。

「触れてごらん。怖くないから」

「う……はい……」

恐る恐るグレゴワールの剛直に触れた。

熱い、固い、そしてぴくぴく脈動している。

「握ってごらん、優しく」

「はい……」

アリアドネの小さな手では握りきれない。

「お、大きい……」

「大きいか？――だが、これをあなたの中に受け入れてもらうのだ」

「う、わ、無理……壊れちゃう……壊れちゃいます……」

「大丈夫だ、優しくする」

「し、死んじゃったら？」

怯えて聞き返すと、グレゴワールが口角を持ち上げ、笑みのようなものを浮かべた。

「死なぬ。睦《むつ》み合いで死んだという話は聞かない」

「ほ、ほんとう？」

「私は嘘はつかぬ」

グレゴワールが声色を和らげる。厳しい彼の表情が、一気に解《ほぐ》れてなんて優しい顔になるのだろう。

アリアドネは心臓がきゅんとする。

とても怖いのだけれど、グレゴワールがアリアドネに嘘をつかないというのは信じられた。

だから、きっと大丈夫。

潤んだ瞳でじっとグレゴワールを見つめると、彼が少しだけせつない顔になる。

「無垢でいたいけな王女、私はあなたの中に入りたい。欲しくて入りたくてたまらない。いいだろうか？」

求められている。懇願されている。

アリアドネの胸が喜びでいっぱいになる。

「はい……」

四肢の力を抜いた。

大きな手がアリアドネの両足を掴み、ゆっくりと開く。濡れそぼった秘所があからさまにされたが、もはや恥じている余裕はない。

グレゴワールの身体が覆《おお》い被《かぶ》さってきた。みっしりとした男性の重みに、緊張感が高まってくる。

グレゴワールが開いた足の間に、自分の腰を沈めてくる。

濡れほころんだ花弁に、グレゴワールの欲望の肉塊が押し当てられる。つぷりと先端が媚肉を押し分けて侵入してくる。狭隘《きょうあい》な蜜口がぐぐっと内側から押し広げられる。

指とは比べものにならない圧迫感に、アリアドネは思わず腰を引いて首をふるふると振った。

「あ、あ、だめ……無理……無理、やめて……」

だがグレゴワールの腕が背中に回り、逃げ腰のアリアドネの身体を引き寄せる。

そして耳元で熱い息混じりに言う。

「もう止められぬ。いい子だ、怖くない、怖くないから、怖くない」

何かに堪えるような艶めいた声で繰り返しささやかれると、甘い子守唄を聞いているようにアリアドネの緊張が和らいでくる。

グレゴワールの広い背中に両手を回し、ぎゅっと抱きしめて目を閉じた。

指でほぐされていた内壁をみちりと太茎が埋め尽くしていく。きりきりと引《ひ》き攣《つ》る痛みが襲ってきて、アリアドネはさらにぎゅっと強く目を瞑る。目尻からぽろぽろ涙が零れた。

「あ、あ、あ……あ」

「く──きついな、押し出されそうだ」

先端を押し入れたグレゴワールが大きく息を吐く。

「アリアドネ殿、アリアドネ殿──」

グレゴワールがアリアドネの顔に唇を押し当て、半開きの口を塞いだ。

「んぅ、ふ、ぐぅ……ん」

舌先を搦《から》め捕られ、くちゅくちゅと繰り返し吸い上げられると、うなじのあたりが甘く痺れ、キスの快感に思考が奪われた。

同時に、グレゴワールがぐぐっと腰を沈めてきた。傘の開いた先端が狭い蜜口をくぐり抜けると、そのまま剛直がぬくりと侵入してきた。

「あ、ふああ……」

絶対無理だと思ったのに、どんどん挿入《はい》ってくる。

苦しい、痛い、怖い。

なのにどんどん奥へ挿入ってしまう。

もうやめてと言いたいのに、深いキスで声も息も奪われ、くぐもった呻《うめ》き声《ごえ》しか出せなかった。

奥の奥まで挿入すると、グレゴワールがやっと動きを止めた。

処女腟がみっちりとグレゴワールの欲望で埋め尽くされている。

痛みより、息苦しさと違和感が強くなってくる。下腹部全体がかっかと熱く燃え上がるようだ。

唇が解放され、アリアドネははあっと大きく息を吐いた。

「ほら、全部挿入った、アリアドネ殿」

グレゴワールが弾む息の下から掠れた声を出す。二人の身体はぴったりと重なった。

「これであなたは私のものだ」

「あ……ぁ、あぁ……」

本当に結ばれたのだ。

アリアドネはすすり泣いてしまう。

グレゴワールが溢れる涙を吸い上げ、気遣わしげに言う。

「痛いか?」

「いいえ、いいえ、平気……嬉しい、嬉しいの、グレ様……私、本当にあなたの妻になったんですね?」

「そうだ、アリアドネ殿。あなたは私だけのものだ」

「ああ、グレ様、ぐれ様ぁ」

「ああもう、泣くな、泣かなくていい」

グレゴワールがさらに腰を押し進める。

「あ、きゃ、あ、だめ、あ、だめぇ、動いちゃ……っ」

「く――きついな。噛《か》み切られそうに締めてくる」

苦しげな声を出したグレゴワールは、さらに抽挿を開始する。

「や、あ、あ、だめ、あ、あ、そんなに……」

先端が最奥を切り開くみたいに穿《うが》ってくる。これ以上もう無理なのに。

無理なのに、擦られているうちに内壁が熱く疼くような不可思議な感覚が生まれてくる。

「あ、あぁ、あ、あぁ、あ」

先端がぷちゅぷちゅと最奥を穿つたび、きつく閉じた瞼《まぶた》の裏に火花が散る。

ものすごい衝撃に動揺するけれど、もう痛みはない。

それどころか、太茎の根元が抜き差しするたびに感じやすい陰核を擦り上げて、じんじんした悦楽が繰り返し襲ってくる。その上、太い血管が幾つも浮いた肉胴が、指で教えられたばかりの感じやすい恥骨の裏あたりをごりごり抉《えぐ》ってくる。

ぞくぞく感じてしまい、アリアドネは知らず知らずに甲高い嬌声《きょうせい》を上げてしまっていた。

「は、はぁ、あ、だめ、あ、そこ、擦っちゃ……あ、そこも、あ、だめぇ……」

「よく締まる。アリアドネ殿、気持ち、よいのか？」

グレゴワールは両手でアリアドネの華奢な身体を抱きしめ、力強い抽挿を繰り返す。その勢いは、大きなベッドがぎしぎしと軋むほどだ。

身体ごと魂までとこかに吹っ飛んでしまいそうで、思わずグレゴワールの背中に爪を立ててしまう。

「んんぅ、あ、や、わから、ない……なんだか、凄《すご》くて、あぁ、なんか、変に……なっちゃうっ……」

「感じているのだね、アリアドネ殿、アリアドネ殿」

「んんぅ、あ、あ、グレ、様は？　グレ様は、気持ち、いい？」

「――とても、よい、アリアドネ殿、とてもよいぞ」

「う、嬉しいっ、嬉しい、嬉しい」

自分と同じ快感をグレゴワールも感じているのだと思うと、結合部からとろとろに蕩けて、もうどこからが自分でどこからが彼だかわからないくらい一つに溶け合ったような錯覚に陥る。

アリアドネはぎゅうっとグレゴワールの首に抱きついた。嬉《うれ》し涙が溢れ、濡れた頬をすりすりとグレゴワールの頬に擦り付けた。

「っ――」

胎内の中のグレゴワールの欲望が、どくんと大きく脈打つ。凄まじい衝撃に、一気に絶頂に押し上げられた。

「はぁあああ、すごっ、ああぁっ、だめぇだめぇ、もうだめぇぇ」

「悪いな、もう歯止めがきかぬ」

グレゴワールはアリアドネの腰を抱き直すと、がつがつと腰を穿っていた。

「あきゃ、あ、だめぇ、あ、い、い、達《い》ったの、もう達ったの、達ったからぁ」

がくがくと激しく揺さぶられ、アリアドネは目を見開いて泣き叫んだ。もはや、絶頂などという生やさしいものではない。下腹部の奥でどかんどかんと、悦楽の大砲が絶え間なく打たれているよう。

「可愛いな、アリアドネ、あどけなくて淫らでいたいけで、たまらぬ」

「あ、あぁ、あ、だめ、だめ、また……もう、死んじゃう……あぁ、死んじゃうって」

霞んでいく意識の中で、今、敬称なく名前を呼ばれた、と思う。

「はあ、あ、グレ様ぁ、おね、がい、名前、呼んで、もっと……」

「――アリアドネ、アリアドネ――私のアリアドネ」

「嬉しい、グレ様ぁ、好き、好き、です、大好き……っ」

「アリアドネ――っ」

グレゴワールはやにわにアリアドネの膝裏に腕を通し、大きく開脚させた。さらに結合が深まる。とんでもなくはしたない格好を恥じている余裕もない。

「ひあああっ、あぁ、やあ、深いっ……」

グレゴワールにも余裕がないようで、そのまま彼は息を凝らし、引き抜いては突き入れる行為をひたすら高速で繰り返す。彼の額から、ぽたぽたと大粒の汗が滴り落ち、アリアドネの顔を濡らす。その汗の刺激にすら、甘く感じ入る。

初めて知る終わりのない絶頂の嵐に、アリアドネは我を忘れてしまう。

「だめえ、壊れ……あぁ、やあ、だめ、もう、だめに……っ」

泣き叫ぶ口の端から唾液が零れる。

もう気持ちいいとしか考えられない。

「死んじゃう……っぅぅ」

びくびくと全身が慄いた瞬間、グレゴワールが獣のように低く呻《うめ》いた。

そして、ずん、ずん、と力任せに腰を打ち付ける。

どくどくと最奥に熱い脈動を感じた。お腹の中にじわりと何かが広がっていくような気がする。

不意にグレゴワールの動きが止まった。

彼がはあはあと荒い呼吸を繰り返した。

「――素晴らしかった、アリアドネ――」

「あ、あぁ……ぁ、あ……」

終わったのか？

ぐったりとシーツの上に身を沈めると、グレゴワールがゆっくりと抜け出ていく。

「あ……んん」

今までめいっぱい埋まっていたところが空になる喪失感に、腰がゾクゾク震えた。

自分の愛液と破瓜《はか》の出血、それにグレゴワールの精が混じったものが掻《か》き出され、とろとろと股間を濡らす感覚に、媚肉が淫らに痙攣《けいれん》した。

「あ、やだ、抜いちゃ、やだ……」

「では、挿入《い》れるか」

ぬくりと再び押し込まれ、甘い心地よさに腰が跳ねた。

「いやぁん、挿入れちゃ、だめぇ」

「ふっ、どちらなのだ」

グレゴワールが白い歯を見せた。

笑った。

確実に今、笑った。

なんて笑顔が素敵なの。

ぽうっと見惚れていると、グレゴワールが身を屈めて唇にキスをしてくれる。ちゅっと音を立てて唇が離れ、グレゴワールがゆったりと腰を打ち付ける。

「ちょ……ま、まだ、やるんですかっ？」

「いくらでも――あなたの中は極上だ。気持ちよすぎる」

一度精を放出して余裕が出たのか、グレゴワールは結合部をまじまじと見ながら腰を穿ってくる。

「ああ、綻んだあなたの花びらが、私をぬらぬらと受け入れているぞ。なんていやらしいのだ」

「やめ、て、そんなこと、言っちゃいや、あ、あぁ、あぁあ、ん」

熟れきった柔襞を擦られると、思考がとろりと溶けてしまい、悩ましい鼻声しか出せなくなる。

「また締めてきたな。これが気持ちいいのか、アリアドネ」

グレゴワールはこちらの反応を観察するように、腰の動きを変えてくる。

「あぁん、ぐちゅぐちゅしちゃ、だめぇ……っ」

ぐっと押し入れてそのままぐるりと内壁を掻き回されると、違う箇所がごりごり擦られて、それもまた気持ちいい。

どうしよう。

こんなことを教えられたら、もう逃げられない。

気持ちよくて、気持ちよくて、もっともっとグレゴワールとしたくなるに決まっている。

恥ずかしい格好で、はしたない声を出して。

でも気持ちいい。

ただただ、グレゴワールの与える悦楽に酔う。

きっと寝酒を一気に飲んで酔ったせいだ、と思うことにした。

「気持ちいいか、アリアドネ」

「い、いい、きもち、いい……いいっ」

「もっとか？　もっと私が欲しいか？」

「も、もっと、して……もっと、して、ください……っ」

汗ばんだ手が、尖った乳首を摘んでくる。

それもだめ、ちりちりと気持ちいい。

もう片方の手が、ひりつく秘玉を撫で回す。

それもびりびりしてすごく、気持ちいい。

理性が吹っ飛んで、大声で喚いてしまう。

もう数え切れないほど達してしまい、最後の方は息も絶え絶えで意識がなかった気がする。

だからどんなに乱れたのかよく覚えていない。

ということにしよう、と霞んでいく頭の中で思った。

第三章　氷の皇帝陛下、大いに怒鳴り、大いに困惑する

どこかでふんわりと甘いコーヒーとミルクの香りがする。

のびのびとベッドの中で手足を伸ばし、アリアドネは微睡《まどろ》みながらつぶやく。

「ん……給仕さん、私ね、カフェオレにお砂糖たっぷり三杯入れてね」

「カフェオレに砂糖三杯だな」

艶めいた低い声が返ってきて、アリアドネはバチっと目を覚ました。

飛び起きようとして、全身がビキビキ痛んで思わず顔を顰めた。

「いたたた……」

ベッドの天蓋幕が巻き上げてあり、カーテンの隙間から眩しい太陽の光が差し込んでいる。

「無理をするな。寝ていなさい」

寝室の戸口のあたりに、全裸のグレゴワールが背中を向けて立っていた。そのそばに、食事を載せているらしいワゴンが置いてあった。

気がつくと、自分も生まれたままの姿だ。

「あ――」

昨夜の狂態を思い出し、頬がかあっと熱くなる。アリアドネは鼻の上まで上掛けを引っ張って、目だけでグレゴワールの姿を追った。

「昨夜はいささか、あなたをいじめすぎたと反省している」

グレゴワールが背中を向けたまま言う。広い背中には無駄な肉が少しもなく、締まった腰から引き締まった尻のラインが美しい。筋肉質の足がすらりと長い。男性のお尻は四角いのだな、と思う。自分のぷにぷにの丸い尻とずいぶん違う。

「い、いじめられたなんて、思ってませんから……」

「そうか？」

くるりとグレゴワールが振り返った。

「きゃっ」

グレゴワールの股間が丸見えで、思わず悲鳴を上げてしまった。男性器がなぜか昨夜と形状が違う。昨日の夜は硬く反り返っていたのに、今朝はぶらぶら垂れ下がっている。

夜と朝とでは形が変わるものなのだろうか。なんだか別の生き物のようだ。

グレゴワールはワゴンを押しながらベッドに近づいてくる。

「今さら、私の裸を見て驚くか？」

「だ、だって……」

男性器の形がまるで違うのに驚いた、とはさすがに口に出せなかった。

グレゴワールはベッドの端に腰を下ろすと、ほかほか湯気の立つカップをアリアドネに差し出した。

「カフェオレだ。熱いから、火傷《やけど》をせぬように」

「あ、ありがとうございます」

天下の皇帝陛下に給仕のような真似《まね》をさせて、少し後ろめたい。でも、ふうふう冷ましながら口に含んだカフェオレは極上の味で、甘さがお腹に染み渡るようだ。

「美味《おい》しい」

にんまりすると、グレゴワールもつられたように笑みを口元に浮かべた。

グレゴワールはコーヒーの入ったカップを手に取り、静かに啜《すす》る。

起き抜けのグレゴワールは、少しだけ眠そうな顔で髪に寝癖がついていて、これまでの厳格できりりとした彼とはぜんぜん違って、ただの好青年に見える。そういうアリアドネも、髪はぼさぼさだし寝起きで腫れぼったい顔をしているだろう。ちょっと照れくさいけれど、互いにこんなあけすけな状態を見せ合えるのがなんだか幸せだ。

と、綺麗に割れたグレゴワールの横腹に肉が抉れたような古い傷跡があるのに気がついた。

昨夜は暗かったし、睦《むつ》み合いに夢中でわからなかったのだ。かなり深い傷だ。

アリアドネの視線に気がついたのか、グレゴワールが傷跡を見下ろしてつぶやく。

「驚いたか？　昔の戦の傷跡だ。気にするな」

「でも、深い……」

アリアドネは飲み干したカップを枕元に置くと、細い指で傷跡に触れた。

「痛くありません？」

「もうとうに癒《い》えている。これが怖いか？」

一流の彫刻家が刻んだ彫刻のように完璧な肉体に、その傷跡だけがノミが滑ってしまったように違和感がある。痛々しい。

「怖くなんかないですよ」

アリアドネは顔を寄せて、傷跡にそっとキスをした。なんだかそうしたかったのだ。

「──っ」

グレゴワールがびくりと身を竦ませ、その勢いで手にしたカップからコーヒーが零れた。彼は慌てたように飲みかけのコーヒーのカップをワゴンに戻した。そして、咳払いする。

「それより──あなたの方が、あちこち痛むだろう？」

「あ、はい。グレ様が、変な格好をいろいろさせるんですもの。私は軽業師《かるわざし》になった気分でした」

ぷっと唇を尖らせて言うと、

「──む」

グレゴワールの目元がかすかに赤らんだ。

アリアドネは下腹部に両手を当てた。

「お腹の中に、まだグレ様のモノが挿入《はい》っているような気がします」

「ぐ――む」

グレゴワールが喉の奥で変な声を出した。

彼はやにわにアリアドネの纏《まと》っていた上掛けを引き剥《は》がした。

「きゃっ、何するんですかっ」

慌てて上掛けを取り返そうとすると、グレゴワールがそれを床に放り投げてしまう。

「見せなさい」

「な、なにを?」

「私のせいで痛くした全部を」

グレゴワールがアリアドネの足首を掴んでそっと引っ張った。

「きゃっ」

ぽてんとシーツの上に仰向けに倒れてしまう。

グレゴワールが身を乗り出して、アリアドネの全身を凝視する。

「ああ、沁《し》みひとつない白い肌に、あちこちに痕をつけてしまった」

彼の大きな手が、アリアドネの肩を撫で、乳房から腹、腰を撫で下していく。

「え、あ？　あ」

言われて気がつく。赤い花びらみたいな痕が、点々と乳房や腹の上に散っている。グレゴワールに強く吸われたせいだ。

「ここも——出血させてしまった」

長い指がそろりと性器に触れてきた。ぞくりと擽ったいような痺れが走って、はしたない声が出た。

「あ、ん」

指先がくちゅりと花弁を割る。

「濡れているな——昨夜の名残か」

くちゅくちゅと蜜口を掻き回される。

「ん、んん、あ、だめ……」

「そうではないな、新たに溢れてくる。でも、腫れているようだ、痛いか？」

「あ、ぁ、いえ、そ、それほど……」

「そうか。では私もお返しにキスしよう」

グレゴワールはさっとベッドに上がると、アリアドネの両足首を掴んで大きく広げた。日の光で明るい部屋の中で、秘所が丸見えだ。これはない。

「ひゃあっ、やめてっ」

じたばた足をもがこうとしたが、グレゴワールががっちりと掴んでいるので身動きできない。

「ああやはり、赤く腫れているな。痛々しいな」

小声でつぶやきながら、グレゴワールが股間に顔を寄せてくる。

彼の息遣いが秘部に感じられ、背中がぞくっと震えた。

「だめ、や、見ないで、そんなに……」

「見ているだけで濡れてくるな」

「い、言わないで、いいからっ」

突然、ぬるりと熱いものが陰唇を撫でた。

「はっ、あ?」

舐めている？　グレゴワールがとんでもないところを舐めている。

「ちょ……だめ、やめてっ、グレ様、き、汚いっ……」

両手でグレゴワールの頭を押し返そうとしたが、びくともしない。

熱い舌が陰唇を下から上へ押し上げるように繰り返し舐める。

「ひあっ、あ、やあ、だめ、だめって……」

舌先がほころんだ花弁の中に押し入り、くぷくぷと内部を掻き回す。昨日さんざんグレゴワールの剛直で擦られたそこは、まだ敏感に熟《う》れていた。

じわりと甘い疼きが迫り上がってきた。アリアドネは隘路の奥がきゅんと疼くのを感じた。

「ぁ、あ、あぁ……や、だめ……」

恥ずかしいのに、与えられる愉悦が嬉しくて拒めない。

「は、はぁ、は、ぁぁ、ん、んん……」

甘ったるい鼻声が止められない。奥から愛液がとろりと溢れてくるのがわかり、それをグレゴワールがじゅるっといやらしい音を立てて啜《すす》り上《あ》げる。羞恥に耳を塞ぎたいのに、その音に劣情が煽《あお》られて体温がぐんぐん上がっていく。

わずかに唇を離したグレゴワールが、吐息で色っぽく笑う。

「中が吸い付いて、私の舌を奥へ誘おうとしている——いやらしいね」

「そ、そんなこ——」

と言わないで、と口にしようとして、ふいに秘玉をちゅうっと吸い込まれて言葉を失った。

「ひっっ？」

グレゴワールは窄《すぼ》めた唇で花芽を咥え込み、吸い上げては濡れた舌先でぬめぬめと転がしてきた。それは、指でいじられるより何倍も凄まじい快感だった。

「ひゃぁあ、あ、いやぁあぁぁっ」

瞬時に絶頂に飛び、アリアドネはぶるぶると内腿を震わせて喘《あえ》いだ。

「やめ、だめ、あ、も、もう、あ、達っちゃったぁ、達っちゃったのぉお」

涙目で訴えたのに、グレゴワールの舌は容赦なく感じやすい部分を舐め回し、強弱をつけて吸い上げては、ころころと転がす。

「お、願い、も、しない……で、こんな……のぉ、だめぇ」

目の前が悦楽の閃光が瞬きチカチカする。

執拗《しつよう》な愛撫《あいぶ》に腰がくねくね蠢《うごめ》いてしまう。

でも、鋭敏な箇所だけを延々と攻められ、疼き上がった媚肉には少しも触れてくれない。

気持ちいいのに苦しい。

こんな矛盾した感覚は初めて知る。

グレゴワールを受け入れその味を知った蜜壺が、飢えてきゅうきゅうと蠕動《ぜんどう》する。

ここを埋めてほしい。

とろとろに濡れて痛いほど媚肉が疼く。

「も、や、やぁ、も、やだ……もう、お願い……っ」

アリアドネは長い金髪をぱさぱさと振りたてながら、声を振り絞る。

もっと奥へ、欲しい。でも、そんな恥ずかしいセリフ、とても口にできない。

押しやろうとしてグレゴワールの頭に置いていた手が、知らず知らず逆に彼の頭を股間に押し付けそうになる。

その気配を察したのか、グレゴワールの舌が媚肉の中へ侵入してきて、くぷくぷといやらしい水音を立てて掻き回した。

「は、はぁ、は……ぁん」

ああそこ、もっと奥——。

ねだるみたいに腰が前に突き出してしまう。

すると、ふっと、舌が引っ込んでしまう。

「あ、だめっ……」

思わず声が出た。

すると再びグレゴワールの舌が隘路の浅瀬を舐め回してくる。ぐちゅりとものすごく恥ずかしい音がした。

「んんぅ、んんん……」

グレゴワールの舌の動きに神経を集中しようとした途端、再び舌が引き抜かれてしまった。

「あん、やあっ」

非難がましい声が漏れてしまう。

「アリアドネ」

グレゴワールがゆっくりと顔を上げて、こちらを見下ろしてきた。

潤んだ瞳で見上げると、彼の口の周りが自分の愛液でぬらぬらと光っている。その滴る愛液を、グレゴワールの赤い舌がぺろりと舐め取った。

あまりに卑猥で刺激的な表情に、アリアドネは見ただけで軽く達してしまうほどだった。

「アリアドネ――どうしてほしい？」

欲情している時のグレゴワールの声は、少しだけしゃがれる。それがひどく扇情的に耳孔を擽ぐる。

「言ってごらん、アリアドネ」

促され、アリアドネは顔を真っ赤にしてもごもご答える。

「……て、ください……」

「ん？　よく聞こえないな？」

アリアドネは恥ずかしさに頭が真っ白になりそうだ。もう少しだけ声を出す。

「い、れて……くだ……」

グレゴワールは無情に言い返す。

「聞こえないな」

アリアドネは腰をもじもじと揺すって、つんと唇を尖らせた。

「意地悪っ、グレ様の意地悪っ、いじわるっ」

「その通りだ、私は『氷の皇帝陛下』だからな、冷酷だ。さあ、もっと大きな声で言ってみなさい」

そう促され、アリアドネはもはや胎内の渇望に勝てなかった。

「挿《い》入れて、くださいっ」

頬が火のように熱くなる。でも、とうとう口にできて、もうこの苦痛から解放してもらえると少しだけホッとした。

だが、グレゴワールは追い討ちをかけてきた。

「どこに挿入してほしい？」

「ううううう――っ」

アリアドネは唇を噛み締める。

「ほんとーに、意地悪で残酷なんですねっ、ひどいっ」

「そうだ、ひどい男だ、今さらわかったのか」

グレゴワールが余裕の笑みを浮かべるのが癪《しゃく》だ。でも、強面で冷たい美貌の彼が、こんなふうににまにま笑うなんて、きっと知っているのは世界中で私だけだ、と思う。誰も知らないグレゴワールを独り占めできるのがあまりにも幸せで、少しくらい意地悪されてもかまわない。

「でも、好き――大好き」

ぽろりと本音の言葉が溢れる。

「――っ」

グレゴワールの顔が引き攣った。

彼が苛立たしげに頭をガリガリと掻き回した。

「ああもう、あなたという人は――っ」

急に凶暴な眼差《まなざ》しで睨まれて、アリアドネは彼が何でイライラしているのかわからない。きょとんとしたまま、慌てて付け足した。

「あのっ、ここに——グレゴワール様のモノを、挿入れてくださいっ」

自ら両足を開き、秘所を見せつける。

グレゴワールが再び喉の奥でぐうっと変な声を出す。

彼は無言でアリアドネの両足を持ち上げて、自分の肩に担ぐようにした。

「あっ」

膝が胸に付くくらい身体を二つ折りにされて、身動きできない。無防備に開いた花弁にぐぐっと硬い肉塊が押し付けられる。グレゴワールの男性器はもうすっかり勃ち上がっていた。

いつこんなに硬くなったのだろう。あのぶらぶらしたモノがあっという間に硬化するのか？

などと考えられたのは一瞬だった。

グレゴワールが一気に腰を押し沈め、最奥まで貫いてきたのだ。

「んん——っ」

傘の開いた先端は昨夜よりもやすやすと狭い入り口をくぐり抜け、アリアドネはあっさりと根元まで受け入れてしまった。

「は、あぁああっ」

先端が最奥をゆっくりとひと突きしたしただけで、アリアドネは絶頂に飛んでしまった。

息を詰めると、自分の中がきゅうっとグレゴワールの肉棒を締め付けるのがわかった。締めるとさらに心地よくなって、濡れ襞がひくひく小刻みに蠕動する。

「は――堪《たま》らぬな。素直で覚えのよい身体だ」

グレゴワールが息を乱す。

そのまま彼はがつがつと激しく腰を穿ってきた。

結合部が打ち当たるばつんばつんというくぐもった音と、ぎしぎし軋むベッドの音に、自分のあられもない喘ぎ声が混ざって、朝の爽やかな空気はあっという間に淫猥《いんわい》な雰囲気に変わってしまう。

「あっ、あ、あ、あ、あぁ、あ」

受け入れた剛直が、小柄なアリアドネの全身を激しく揺さぶる。下腹部で弾けた愉悦が脳天まで駆け抜ける。

「や、やぁ、や、だめ、あ、も、すご……すごっ、い」

「はあ――そんなに締めるな。すぐ終わってしまうだろう」

グレゴワールが怒ったように言うが、意識してやっているのではない。

内臓を押し上げられているのではと錯覚するほど、奥へ届いている。

こんなに突き上げらてれは壊れてしまうと思うのに、熟れた膣襞は柔軟に屹立《きつりつ》を包み込み、締め付ける。

睦み合う前は、あんな巨大なものを挿入されたら死んでしまうと思ったが、それどころかもっともっとと求めるみたいに内壁はうごめく。

「ふぁ、あ、んぅ、あ、また、達《い》く、達っちゃう、あぁ、やだぁあ」

とめどない快楽にアリアドネは身も心も酔いしれる。

「アリアドネ、私のアリアドネ、可愛いぞ、もっと乱したい、もっと乱れろ、アリアドネ」

グレゴワールは獣のような荒い息遣いで、繰り返し名前を呼ぶ。

私のアリアドネ——その響きにきゅーんと胸が甘く痺れて、グレゴワールへの思慕がどんどん膨れ上がっていく。

嬉しい、好き——大好き。

大好きの上は——恋しい？

ううんもっと上、もっと違う。

——愛している。

最後の絶頂に上り詰める瞬間、アリアドネの頭の中にぱっとその言葉が閃《ひらめ》く。

「……ひあ、あん、あ、ああん、だめ、あ、だめ、だめぇ、も、もう、だめ、だめぇ」

「お——もう、出す——終わるぞ——っ」

グレゴワールが低く呻き、ぐいっと剛直を最奥に捩《ね》じ込んだ。

ぱぁんとアリアドネの脳裏で意識が弾ける。

「あああ、あああぁぁあぁ……あ、ぁあ……」

小刻みに収斂した媚肉の狭間《はざま》に、どくどくとグレゴワールの熱い精の滾《たぎ》りが注ぎ込まれていく。


——その日一日。

皇帝陛下は娶ったばかりの年若い妃と、寝室にずっと篭《こも》りきりであった。

そして、翌翌日。

食事の時以外は、昼夜、ほぼほぼ睦み合っていた。精根尽き果てたアリアドネは、ぐっすりと朝寝を決め込んでしまった。

お昼近くなり、もそもそとベッドから起き上がった時には、グレゴワールの姿はなかった。いつもは日の出とともに目覚めて公務に就くと言っていたから、とうに起きて出て行ったのだろう。

「あふぁ……」

あくびをしながら、着替えるものがないので、椅子の上にかけてあったグレゴワールのガウンを羽織る。ずるずると裾を引き摺《ず》りながら寝室を抜け、部屋の扉に向かって声をかける。

「あの……誰かいますか?」

声がガラガラだ。ずっと感じ入って喚いていたせいだ。一人で赤面してしまう。

「失礼します。エメリア、入ります」

待ってましたとばかりに、侍女頭のエメリアを先頭に、数人の侍女たちが扉を開けて入ってきた。侍女達は衣装箱を抱えていた。

「本日は、陛下の特別許可をいただき、ここに入ることを許されました。アリアドネ様のお世話をさせていただきます。どうぞ、よろしくお願いします」

恭しく礼をする彼らを見て、アリアドネはいぎたなく眠りこけていたことを反省した。おそらくずっと扉の外で声がかかるまで待機していたのだろう。

するりとエメリアの足元をすり抜け、ゴルゴンが飛び込んできた。巨大な黒犬は、尻尾を千切れんばかりに振ってアリアドネに飛びついてきた。アリアドネはよろめいてしまう。

「まあ、ゴルゴン！」

後ろ足で立ち上がると、アリアドネより大きい。頭を撫でてやると、ゴルゴンは大喜びでアリアドネの顔をべろべろ舐める。

「うふふ、くすぐったいわ、やめてやめて」

顔中を舐めまわされてベトベトになった。

エメリアと侍女達は怯えたように部屋の傍に寄っている。

「お、恐れながらアリアドネ様。どうか、その猛犬を追い払ってくださいませ」

エメリアが声を震わせる。

になる。

「あ、ごめんなさい。ゴルゴン、暖炉の前で待っていなさい」

アリアドネが命令すると、ゴルゴンはさっと暖炉の前に飛んで行って、大人しく伏せの姿勢になる。

アリアドネはエメリア達ににっこりする。

「ほら、なにも怖いことはないわ。お利口な犬よ」

ほっとしたようにエメリアが近づいてきた。

「いえ、今まであの犬は陛下以外の人間には指一本触れさせなかったのですよ。陛下の凶暴な護衛役です。先日も、うっかり陛下の前を横切ってしまった番兵にあっという間に飛びかかり、あやうく喉を噛み切るところでした。アリアドネ様にお怪我でもさせたら、私たち全員、陛下から流刑を言い渡されてしまいます。どうか、行動にお気をつけくださいませ」

アリアドネは目をぱちぱちさせた。

ゴルゴンがそんな凶暴な犬には思えなかったし、グレゴワールがエメリア達を流刑罪にするなんて信じられない。

「氷の皇帝陛下」と呼びならわされているというが、本当だろうか？

それとも、この国に来たばかりでグレゴワールのことを何も知らないだけなのだろうか。

押し黙ってしまったアリアドネに、エメリアが声をかける。

「アリアドネ様、陛下のご命令で、廊下の奥の貴賓室を臨時のアリアドネ様のお部屋にあてましたので、どうぞご案内します」

「この部屋を出るの？」

「左様です」

「ううん、私、このお部屋にいるわ。だってグレ様と夫婦になったのだもの。寝食を共にしたいわ。いいでしょう？」

「グ、グレ様？　お、恐れながら、そう陛下のことをお呼びに？」

「ええ。グレ様、別に怒らなかったわよ」

エメリア達が信じがたいと言うように顔を見合わせる。

アリアドネは快活に言う。

「取り敢えず、着替えをさせてください。それから朝ご飯を何か食べたいわ。その後は、お城の中を案内してくださらないかしら？」

エメリアが困惑したように答える。

「で、でも。ここは陛下の私室でございます。アリアドネ様の私室は――」

「それなら、さっき寝室から出た時に、応接間の横に大きな予備室があるのを見たから、そこを私のお部屋にしてください」

「よ、予備室ですか？　皇妃になられる方が、予備室なんて――」

「それでも私の国の自分のお部屋よりずうっと広いもの。私はちっさいでしょ？　そんな大きなお部屋はいらないわ。グレ様のお側《そば》にいられることの方が、ずっと大事だもの」

ニコニコして話すアリアドネを、エメリア達は感に堪えないような顔つきで見ていた。

エメリアはかしこまって言う。

「承知しました。すぐに予備室を改造させましょう。アリアドネ様のご要望はなんでもお命じください」

「ご要望って——机と椅子とソファがあれば。あ、できればお花を飾りたいわ。本箱と化粧台も欲しいかしら。あ、欲張りだった？」

エメリア達が微笑《ほほえ》ましそうな顔になる。

「御心《みこころ》のままに。では、まずはお着替えを」

「はい」

その後、新品のドレスに着替えさせられ、最新の髪型に髪を結われた。「お引き渡しの儀」の時も思ったのだが、バンドリア帝国はファッションの最先端を取り入れていて、少し古風な風俗で育ったアリアドネにはスマートに着こなせている自信がない。ほんとうは祖国の素朴なデザインのドレスの方が自分には似合っている気がした。

着替え後、応接間に食事を運んでもらった。祖国では見たこともないような山海のご馳走をずらりとテーブルに並べられ、食いしん坊のアリアドネでもとても食べきれない。もったいないので、テーブルの下に移動してきたゴルゴンにこっそりおすそ分けしてしまった。

予備室が急遽《きゅうきょ》アリアドネの私室に改造されることとなった。

アリアドネの希望で、薔薇模様の壁紙や明るい臙脂色のカーテンが運び込まれる。

自分の好きなふうに部屋を模様替えできるので、心が躍った。

その時ふっと、いい考えが頭に浮かんだ。

忙しげにぱたぱた立ち働くエメリアを捕まえ、アリアドネはこっそり耳打ちした。

「あのね、エメリア。お願いがあるの」

「何でしょう。何なりとおっしゃってください」

「実はね――」

思いついたことをひそひそ話す。

聞いていたエメリアは次第に顔色が青ざめていく。

「で、でも、そんな勝手なことをしたら――私どもは流刑の――」

「大丈夫よ。全部私のせいにしていいから。いくらグレ様だって、結婚したての妻を流刑にはしないでしょう？」

アリアドネがのほほんと言うと、エメリアは目を瞬いてこちらを見る。そして、表情を緩めた
「アリアドネ様は、ほんとうに無邪気なお方ですね。かしこまりました、おおせのままに致します」

「ええ、頼みますね」

皇帝家付きの職人たちが出入りして邪魔をしたくないので、改築工事の間、アリアドネはお城の見学をすることにした。

「失礼します。陛下より、アリアドネ様の護衛とご案内役の兵士を付けろとの仰せなので、不肖私がお役目を承ります」

と言って現れたのはクラッセン少尉だった。

祖国を出るときからの顔なじみで、アリアドネは嬉しい。

「ああ、あなたはクラッセン少尉でしたね。よろしくお願いします」

アリアドネが顔をほころばせると、クラッセン少尉は意外そうな顔をした。

「私の顔と名前をもう覚えられたのですか？」

「この国に嫁いできたからには、一刻も早く慣れたいの。だから、知った人をたくさん作りたいわ。特にあなたはグレ様の腹心であられるのでしょう？　グレ様のことをいろいろ教えてちょうだいね。私とも懇意にしていただきたいわ」

気さくに言うと、

「グ、グレ様――」

と、クラッセン少尉もエメリア達と同じように絶句した。

「あ、この愛称、だめかしら？　ゴワール様の方がいい？」

首を傾《かし》げてたずねると、クラッセン少尉は苦笑した。

「いえ──陛下が何もおっしゃらないのであれば、アリアドネ様はお好きに呼ばれてかまわないと思います」

「ふふ、よかった。ゴルゴンおいで、一緒にお城の中を散歩しましょう」

アリアドネが呼ぶと、ゴルゴンはいそいそとやってきた。

「この区画は、城内の主だった政務を取り仕切る陛下の執務室や、各省の執行部屋がございます」

クラッセン少尉に案内され、アリアドネはお城の中を見学して回った。複雑に建て増しされた城はとてつもなく広く、とても一日では回りきれない。

これは道順をしっかり覚えておかないと、迷子になってしまうかもしれない。そうクラッセン少尉に言うと、彼は困惑気味に答えた。

「アリアドネ様は、もはやこの国の正妃になられるのですから、お一人でお城の中を歩き回ることなどございませんでしょう。あなた様には常に護衛兵がお付きしますから。今だって、ほら──」

クラッセン少尉に促されて背後を振り返ると、槍を構えた屈強そうな兵士が数名、足音も立てずにぴたりとアリアドネの背後に付き従っていた。いつの間に──。

「あ――」

モロー城にいた時には、小さな城の内外をアリアドネは好き勝手に歩き回り、番兵や町人たちとも気さくにおしゃべりしていた。もう、あんな自由な行動を取れないのだ、とやっと気がついた。

城内の者には、すでに正妃となるアリアドネのことは通達されているようだ。巨大な猛犬を引き連れてちょこちょこと歩いている小柄な彼女に、皆が恭しく頭を下げるが、好奇な眼差しは抑えきれないようだ。

案内されながら、アリアドネは何気なくクラッセン少尉にたずねた。

「あなたは、グレ様の部下になって長いのですか？」

クラッセン少尉は怪訝な表情になる。

「私のことなどお知りになっても――」

「だって、グレ様はあなたを常に傍に置かれているわ。とても信頼しているのでしょう。私なんかよりずっと、あの方のことをご存知でしょう？」

「――私は、かつての内戦のさいに家族を失い天涯孤独になりまして、食うに困って国の軍隊に入ったのです。そこで鍛錬を積んで陛下付きの兵士に志願して、陛下に仕えることになりました」

「まあ……そうだったのね。さぞや大変な思いをなさったでしょう。でも、ここまで昇進したのですもの、お偉いわ」

「生きるのに必死でしたから」

「グレ様とあなたは、どこか雰囲気が似ているわ。なぜかしらね」

「いえ、私のことはもうよろしいかと」

クラッセン少尉は話題を変えようとしたのか、ふいに廊下の先の扉を指差す。

「そこの部屋が、裁判所に続く陛下の『裁きの間』でございますよ」

「『裁きの間』？」

「陛下は、重罪人には自ら最後の審判を下されるのです」

「まあ、どのように判断なさるのかしら、ちょっとのぞいてもいい？」

アリアドネがとことこと扉に近づこうとしたその時、『裁きの間』から大音声が響いてきた。

「言い訳は聞く耳持たぬ！」

グレゴワールの声だ。

城中の空気がびりびり震えるような凄まじい声量だ。

アリアドネはびくりとして息を呑んだ。

「長年賄賂を取って農民を苦しめた地主の言い分など、聞かぬわ！　貴様は全財産を没収し、国外追放である！」

その口調は冷酷無比であった。

まさに「氷の皇帝陛下」そのものだ。

立ち竦むアリアドネを、クラッセン少尉が小声で促した。

「アリアドネ様、陛下はお取り込み中です。さ、さ、こちらの方へ――」

「え、ええ……」

『裁きの間』を離れて廊下を進みながら、アリアドネはまだ心臓がドキドキしていた。

あんな怖い声を出す人を知らない。

あれが本当のグレゴワールなのだろうか。初心なアリアドネには、男性を見る目などない。

グレゴワールをいい人に感じたのは、アリアドネの思い込みだったのか。

なんだかしゅんとしてしまった。

アリアドネはとぼとぼ歩きながら、クラッセン少尉にたずねた。

「ねえ、クラッセン少尉。どうしてグレ様は『氷の皇帝陛下』なんて呼ばれているの？　誰も信じないし孤独が大好きだなんておっしゃられるのよ、なんだか寂しいと思わない？」

クラッセン少尉は目をぱちぱちさせた。

「陛下がそのようなことを？　ご自分のお話をされるとは、珍しいことです」

「そうなの？」

クラッセン少尉はふいに声をひそめた。

「アリアドネ様、いずれお知りになられるかと思いますが、この国は二十五年前、大きな内乱がございました。そのことはご存知ですか？」

「戦争があったということは聞いていますけれど――」

「――反王家勢力が、国王一家の暗殺を企てたのです」

「あ、暗殺？」

アリアドネは震え上がった。

「はい。前国王夫妻はお命を奪われました。皇太子だった五歳の陛下は、瀕死《ひんし》の重傷を負わされましたが、すんでのところで味方に救出され、命からがら国外脱出をなさったのです」

「そんな――」

「命を付け狙う追っ手を逃れ、陛下は何年も国々を流浪して逃亡なされました。陛下は十五歳になるまで、この国に戻れなかったのです」

「――」

「しかし、年若い陛下は国々を渡り歩きながらも、各国の王に信頼を得て助力を請い、ちゃくちゃくと親帝派を集めていったのです。そして、十五歳にして親帝軍を率い、反乱分子を一気に討伐しました。それ以来、この国の皇帝として君臨なされております」

「――」

「孤高の陛下となられたのは、このような壮絶な過去のせいでございましょう。けれど今は、史上稀《まれ》に見る勇猛果敢で賢明な君主として名を馳《は》せ、華やかな栄光に包まれて――」

「ううっ、なんてかわいそうなのっ」

突然、アリアドネがわっと泣き出したので、クラッセン少尉は途中で口を噤《つぐ》んでしまった。

両手で顔を覆って、アリアドネはわんわん泣く。ゴルゴンが子犬みたいにきゅんきゅん鼻を鳴らし、アリアドネを気遣わしげに見上げる。

通りすがりの城内の者達が、なにごとかと言うような顔で見ていくので、クラッセン少尉は慌てて取り成そうとした。

「も、申し訳ありません、アリアドネ様。怖がらせてしまいました。淑女に血なまぐさい話をすべきではありませんでした。どうか、お許しを――」

「いいえ、いいえ……話してくださって、ありがとう」

アリアドネはぐすぐす涙を啜り上げながら、答える。

なんて悲しい過去だろう。グレゴワールは五歳にして、両親の愛情も祖国も平和な生活もなにもかも奪われてしまったのだ。

グレゴワールの横腹にあった深い傷跡を思い出し、さらに胸が締め付けられた。

どうにかして、グレゴワールの心を慰めて上げたい。

「今日はもう、お城の見学はいいです。お部屋に帰ります。あ、そうだ、その前にお花が詰みたいわ。クラッセン少尉、お庭に案内してちょうだい」

「は、はい」

クラッセン少尉は、何が何だかわからないと言った顔で返事をした。


やはり一日休むと、政務が滞ってしまう。

今日一日は多忙であった。

グレゴワールは遅くまで残務整理に追われ、私室に戻ってこられたのは深夜過ぎだった。

アリアドネをずっと放《ほ》ったらかしにしてしまった。

まだこの国に慣れていない幼い彼女は、さぞや心細かったのではないか。

もう寝てしまったろうか。おやすみの挨拶くらいはしておきたい。

グレゴワールは奥の貴賓室に向かい、扉をノックした。

「アリアドネ、アリアドネ」

「あ、陛下。アリアドネ様は、陛下のお部屋におられます」

背後から駆け寄ってきたクラッセン少尉が声をかけてきた。

「私の部屋？　どうしてこちらに移動していないのだ？」

「そ、それが——アリアドネ様は、どうしても陛下のお部屋で暮らしたいとおっしゃられまして、あの方の希望で予備室を専用部屋に改築しました」

「予備室だと？　あそこは不用品置き場ではなかったか？」

「は――しかし、アリアドネ様のたってのご要望で――」

「ふむ――風変わりな王女であったからな。わかった、ご苦労クラッセン少尉。また明日、五時に」

そう言い置くとグレゴワールは踵を返し、自分の部屋へ向かった。扉を叩《たた》こうとして、はたと手を止める。

自分の部屋の扉をノックするのもおかしな話だ。

そのままがちゃりと扉を押し開いた。

「お帰りなさいませ！　グレ様！」

弾けるような明るい声が出迎えた。

「お？」

グレゴワールは唖然として立ち尽くした。

中が見違えるように模様替えされていて、一瞬部屋を間違ったのかと思った。

灰色単色の壁紙は、小さな花模様を散らしたクリーム色のものに張り替えられてあり、黒色の絨毯は深い臙脂色のふかふかの毛織になっていて、灰色で丈夫なだけだった家具が全部象牙色の丸みを帯びた柔らかな雰囲気のものに交換されていた。重々しかった黒いカーテンはドレープが美しい壁紙と同色のものに交換されてある。

そして、暖炉の上やテーブルの上には小さなピンク色の花を咲かす野花が飾られてあった。

絹の部屋着を纏ったアリアドネがゴルゴンを側に従え、満面の笑みで立っている。

ゴルゴンの尖った鋲を打ち付けた首輪は外され、代わりに真っ赤な太いリボンが蝶結《ちょうむす》びに結ばれていて、まるでお祝いの贈り物のようだ。ゴルゴンはご満悦の顔で赤い舌を覗《のぞ》かせている。

「――」

声を失ったグレゴワールに、アリアドネは得意そうに顎を反《そ》らして言う。

「どうですか？　素敵になったでしょう？　この国の職人さん達はとても有能ですね。一日で完璧に模様替えしてくれました」

グレゴワールは咳払いする。

「あなたは、予備室を自分の部屋にあてたと聞いたが――」

「はい。私のお部屋、とても素敵に仕上がりました。その、ついでだからグレ様のお部屋も明るくなるように模様替えしたの。やっぱり、お部屋が暗いと気持ちも暗くなるでしょう？　ゴルゴンも、物騒な首輪はやめて、可愛いリボンを結びました。これなら、誰もゴルゴンを怖がらないでしょう。どうかしら？」

「どうかしら――って」

グレゴワールは返答に詰まる。

少女趣味全開の部屋の様子に戸惑うばかりだ。これでは皇帝陛下の威厳が台無しではないのか？　それに、ゴルゴンは番犬なのだ。人を威嚇するために飼っているのに、可愛らしくしてどうするのだ。

　苦言を呈そうとして、アリアドネがすみれ色の瞳をキラキラ輝かせてまっすぐこちらを見上げているので、何も言えなくなってしまう。

　この乙女は、深夜までグレゴワールのために起きて待っていたのだ。彼女が寝るのが大好きなのは、最初の日から知っている。さぞや眠たいのではないか。それなのに、こうして弾けるような笑顔で待機していたのだ。

　グレゴワールが無言でいるので、アリアドネはかすかに表情を曇らせた。

「あの……お庭で勝手にお花を摘んでしまったのが、いけなかったでしょうか？　でも、とっても可愛らしいお花だと思って……」

　的外れな気遣いをする。花だと――？

　では、部屋のあちこちに飾ってある素朴な野花は、アリアドネが自分の手で摘んだのか。

　城の庭は、選《よ》りすぐりの庭師達に管理させている。

　常に、薔薇《ばら》や牡丹《ぼたん》、ダリア、百合《ゆり》など大輪の豪華な花々がいくらでも咲き乱れている。

　それなのに、彼女はこんな名もしれぬ野花を選んで摘んだのか。

　グレゴワールは、小さな背中を丸めてせっせと花を摘んでいるアリアドネの姿を頭に思い描き、なんだか胸の奥がじんわり温かくなるような気がした。

　勝手な行動をされたのに、怒りは少しも湧いてこない。

考えにふけって無言でいると、

「あ、カーテンはやっぱりもっと落ち着いた色の方がお好みでした？　絨毯も、臙脂色か珊瑚《さんご》色でまよったのですが、珊瑚色のがよかったかも……」

どんどんアリアドネがしょんぼりした表情になるので、なにか言わねば、と思う。

「——悪くない」

うまい言葉が出なかった。

人を威嚇し容赦なく抑え込む言い回しはいくらでも知っている。

だが、誰かを気遣ったりすることは苦手だ。下手に出て、相手に弱みを見せることなど皇帝の威厳にかかわることだ。ずっとそういう生き方をしてきたのだ。

だが今、このちっぽけな乙女を悲しませたくない、と思う。

泣き虫な彼女の悲しい涙を見たくない。

アリアドネに泣かれると、グレゴワールの心は乱れてしまう。

なぜそうなってしまうのか、自分でもわからない。

「よかったあ！　お気に召していただいて！」

ぱあっとアリアドネが花が開いたような笑顔を浮かべた。

グレゴワールは心のどこかが甘く痛むような気がした。

この笑顔をもっと見ていたい。

自分の傍に、いつもこの笑顔がある。なんと表現したらいいのだろうか。

何ものにも代え難い。

――かけがえのない――やっとぴったりの言葉が思い当たる。

「悪くない」

そう言われて、アリアドネは心からホッとした。

自分ではとても素敵なお部屋になったと自負していたが、グレゴワールから田舎臭いとかみっともないとか言われたらどうしようと、内心は戦々恐々だったのだ。

アリアドネはぐいっとグレゴワールの手を引く。

「あのね、こちらへ」

「？」

アリアドネは窓辺にまで彼を誘導した。

「窓を開いてくださいますか？」

「む――こうか？」

グレゴワールが観音開きの高窓を押し開いた。

さっと夜風が部屋に吹き込む。

すると、ドレープカーテンがふわりふわりと軽やかにひるがえった。

「ね、ね、窓を開けるといっそうこのカーテンの良さがわかるんです。カーテンが風を抱き込んで、一緒にダンスを踊っているみたいでしょう?」

アリアドネはグレゴワールの両手を握り、ゆっくりとダンスのステップを踏んだ。アリアドネは祖国の素朴な三拍子のダンスしか知らない。

グレゴワールがそのステップに気がついたのか、さりげなくリードを取ってくれた。

その気遣いが嬉しい。

「ふふっ」

笑いながら、揺れるカーテンの前でダンスを踊った。ゴルゴンが尻尾を振りながら二人の周りをぐるぐる回る。

窓の外は満天の星、ゴンドラムーンが甘い雰囲気を盛り上げているよう。

二人の心が少しだけ近づいたような気がした。

アリアドネは頬を染めてグレゴワールを見上げる。

「あのね、グレ様。私、明日からうんと勉強しますね」

「勉強?」

「そうです。皇妃になるのなら、こんな田舎くさいダンスではなく、もっと社交的なダンスもいっぱい覚えなくちゃダメですよね。それに、礼儀作法。あ、言葉遣いも改めないと。それから美容とおしゃれと、ええと、気の利いた会話術なんかも学ばないと。グレ様に恥をかかせないように、私、頑張ります。すぐには無理だけれど、必ずグレ様にふさわしい妻になれるよう、努力しますから。それから、明日からヒールの高い靴にします、ハイヒールは苦手だけどそうすれば少しはグレ様と釣り合いが取れるようになるんじゃないかと思うんです。それとそれと
——んっ？」

ふいにグレゴワールが身を屈め、アリアドネの唇を塞いだ。舌が強引に捻《ね》じ込《こ》まれ、アリアドネの舌を搦め捕る。握り合っていた手をぐいっと引き寄せられ、ぴったりと身体が密着した。

「んぅ、んんん、んん……」

息が止まりそうになり、くぐもった声を上げて抗議すると、ぬるっと唇を舐められてからグレゴワールの顔が離れる。

「——あなたはそのままでいい」

艶めいた声でささやかれる。

「そのままが、いい」

「……でも、でも……皇帝陛下にふさわしい女性にならないと……」

グレゴワールがふっとため息で笑う。

「あなたは私に充分ふさわしい」

「え」

「いや、あなたがふさわしい」

「え」

「あなたは――」

グレゴワールは言葉を探すように一瞬おし黙る。

「あなたは、私の――」

「……」

「唯一無二の妻だ」

「っ……」

「――かけがえのない」

「ぁ」

「私の妻だ」

「う……」

感激して鼻の奥がつーんと痛んだ。

泣いちゃダメだ、泣いちゃダメだと自分に言い聞かす。

好きとか愛しているとか、そういう告白を期待していたわけではない。

壮絶な過去を持つグレゴワールの心はダイヤモンドみたいに硬い殻に覆われていて、アリアドネには到底理解することも触れることもできない。

だから、せめて嫌われないようにしたいと思っていた。

でも、今彼は愛の言葉よりずっと胸に響くことを言ってくれた。

かけがえのない――なんて美しい響きを持つ言葉だろう。

「ひっく……」

結局泣いてしまう。

グレゴワールの長い指がアリアドネの頬を伝う涙をそっと拭う。彼が困惑したように言う。

「私の言葉は、迷惑だったか？」

「いえ……いいえ」

アリアドネはぶんぶん首を横に振った。

そして無理やり笑みを浮かべる。

「あまりに過分なお言葉だったので、嬉しすぎて泣いてしまったの」

「過分――」

「グレ様、私、ほんとうにグレ様に選んでもらえてよかったです」

「そうか」

「はいっ、ですから明日からは頑張って――」

グレゴワールが最後まで言わせず、アリアドネを横抱きに抱き上げる。

「夜風は冷える――もう遅い、休もう」

「あ、はい、一緒のベッドでいいんですよね？」

「無論だ」

そのまま彼は寝室に向かった。

その夜は、グレゴワールの愛撫はこれまでに増して丁重で優しく、アリアドネは数え切れないほどの愉悦を極めたのだった。


翌日。

グレゴワールは臣下たち一堂を大広間に集め、正式にアリアドネを正妃としたことを発表した。

一同は驚きを隠せないでいた。

特に重臣たちは、これまで女っ気がまったくなかったグレゴワールに気を揉んで、あれこれ女性をあてがおうとしていた。しかしグレゴワールはまったく食指を動かさなかった。だから、グレゴワールが小国が差し出した王女を連れて帰国した時は、やれやれと胸を撫で下ろしたのだ。まずは側室で女性経験を積んでもらい、その後ゆっくりとしかるべき正妃を迎えればよいと。

よもや正妃に据えるとは思ってもいなかった。

彼らからしたら、財産も権力も皆無の小国の小娘である。

もっと国力の益になるような大国の王女を娶るべきだったのではないか、という表情が誰の顔にもありありと浮かんでいる。

だが相手は「氷の皇帝陛下」である。誰も不満を口に出来ないでいた。

グレゴワールと並んで、一段高い階の上の玉座にちょこんと座ったアリアドネは、ひしひしと臣下たちの不満を感じた。玉座はアリアドネには少し大きくて高くて、足がぶらぶらしてしまう。玉座に埋もれそうだ。どう見れも、頼りなげなたたずまいだろう。

アリアドネはちらちらと隣のグレゴワールに、これでいいんですか的な視線を送る。

研ぎ澄まされた男らしい彼の横顔は自信に満ちていて、揺るぎない。

グレゴワールがそう決めたのだから、アリアドネも腹を括《くく》ろうと思った。

だって、彼のかけがえのない存在なのだもの。

あの言葉は、小さな身体一つで単身この国に嫁いできたアリアドネにとって、百万の味方を得たよりも心強いものだった。

「誰か、この婚姻に異議があれば申し出よ」

グレゴワールが威圧的な声で言う。

ずらりと並んで平伏している臣下たちは、誰も咳《せ》きひとつせず押し黙っている。

「なければこれにて——」

「あの、グレ様、私からひと言、いいですか？」

アリアドネは片手を挙げて発言する。

「む？」

「グレ様」と聞いた臣下たちに動揺が走った。ざわっと一瞬ざわめきが起こったほどだ。

階の下で控えていたクラッセン少尉が、色を変えてアリアドネを小声で嗜《たしな》めようとした。

「アリアドネ様、このような場で女性側が発言するのは慣例が――」

「かまわぬ、クラッセン。アリアドネ、なにか言うことがあれば発言せよ」

グレゴワールが厳格な声で口を挟んだ。

地を這うような恐ろしげな声に、その場にいた者はアリアドネ以外全員かしこまった。

「ありがとうございます、グレ様」

アリアドネはぴょん、と玉座を降りた。

座っているとますます存在感がなくなる気がしたのだ。

ぴんと背中を伸ばし、よく通る澄んだ声で話し始める。

「私はまだこの国に嫁いで日も浅く、右も左もわかりません。でも、皇帝陛下を支え力になり、少しでもこの国のお役に立てるように精いっぱい努力します。ですから、皆さんもどうか私を助けてくださいね」

アリアドネの気持ちのこもった言葉に、グレゴワールは少し満足そうな顔になった。アリアドネはその表情に力を得て、さらに続ける。

「バンドリア皇帝家の人間としては新米ですけれど、でも、グレ様が大好きな気持ちは世界中の誰よりも負けない強い自信があります！　グレ様も私のことをかけがえのな――」

　ふいにグレゴワールが大きな咳払いをした。

「ごほん！　アリアドネ、そこまでだ。座りなさい」

　アリアドネは意気込んでいたところを邪魔されて、思わずぷっと唇を尖らせた。

「え？　せっかく今朝、一生懸命言うことを考えてきたのに。邪魔するなんて、ひどいですっ」

　グレゴワールは威厳のある表情を崩さないようにしていたが、目元がわずかに赤く染まっていた。

「いいから、座るのだ」

「最後まで言わせてくださいっ」

「座れっ」

「失礼です、犬じゃないんですからっ」

　と、大広間のどこからか、誰かがくすりと失笑した。

　その笑いは、さざ波のように一同に広がっていった。

　最前列にいた長老の大臣が笑いを堪えながら発言した。

「恐れながら陛下。陛下の女性鑑識眼はなかなかなものでございますな。あなた様をお諫《いさ》めできる唯一のお方ができましたな。いやこれは、先が楽しみでございます」

グレゴワールはむっと口元を引き締めて無言でいた。

アリアドネはしぶしぶ着席したが、皆の空気が柔らかくなったのが嬉しかったし、グレゴワールがむやみに皆を恫喝《どうかつ》したりしなかったのもとても感動した。

やはり彼は理不尽に人を威嚇するような人間ではないのだ。

満足して大きな玉座で胸を張った。

ふふっと含み笑いが隣で聞こえたような気がして、アリアドネは、え？　と思ってぱっとグレゴワールに顔を振り向けた。

しかし、グレゴワールは厳格な表情のままだ。

聞き間違いだったようだ。

その後、アリアドネとの婚姻を公に発表したのち、新年早々に結婚式と国を挙げての祝賀が行われることが取り決められた。

かくして――。「氷の皇帝陛下」グレゴワールの面前で笑いが起こると言う前代未聞の出来事は、後々までバンドリア帝国の逸話として語り継がれることとなる。

第四章　妖精皇妃の誕生

グレゴワールとの婚姻が公に発表されると、アリアドネはグレゴワールにふさわしい皇妃になるように努力を始めた。

グレゴワールは「そのままでいい」と言ってくれて、その言葉は身にしみて嬉しかった。でもいつまでも無知で幼いままでは自分は楽だけれど、グレゴワールに恥をかかせてしまう。

語学や歴史の勉強、礼儀作法の心得、美容、ダンスに歌にピアノの練習——やるべきことはたくさんあった。

もう二十二番目のみそっかすの王女時代とはお別れだ。バンドリア帝国の皇妃として、ふさわしい女性にならねば、と強く自分に言い聞かす。

毎日学ぶべきことはいくらでもあり、アリアドネは目まぐるしい日々を送っていた。

一方で、グレゴワールの執務のやり方にも興味があった。

彼がほんとうに冷酷無比な政治を行っているのか知りたい。

嫁いで三ヶ月ほどのある日、グレゴワールと昼の食休みで応接室のソファで寛いでいるところへ、クラッセン少尉が入ってきた。

「お休み時間のところ失礼しますが、午後に行われる『裁きの間』における犯罪者についての裁判記録などをもう一度、ご確認願います」

「うむ。もう頭に入っているが、再度確認するか」

グレゴワールはうなずき、クラッセン少尉が手渡した書類をめくり始める。

『裁きの間』と聞いて、アリアドネは城に来た当初の、グレゴワールの怒声を思い出した。

「あの……グレ様。午後の『裁きの間』に、私も同席してもよろしいでしょうか？」

書類から顔を上げたグレゴワールは、不可解げに片眉を上げた。

「あなたが裁判など傍聴しても、楽しいことなど何もないだろう」

「いえ、どのようにグレ様がお裁きをなさるのか、それが知りたいだけなのです」

傍に控えていたクラッセン少尉が小声でアリアドネを嗜める。

「恐れながら皇妃様、皇妃が裁きの間に入ることは、前例がなく――」

「かまわぬ。私の執務の邪魔をしないと約束するのなら、同席を許そう」

グレゴワールが鷹揚《おうよう》に言った。

「ああ、感謝します！　もちろん、お邪魔はしません！」

アリアドネは手を打って喜んだ。初めて、グレゴワールの仕事ぶりを目の当たりに見られるのだ。とてもわくわくする。

クラッセン少尉がもの言いたげにグレゴワールの方を見遣《みや》ったが、彼は平然としていた。

午後。

アリアドネは色味の少ない落ち着いた雰囲気のドレスに着替え、クラッセン少尉に誘導されて『裁きの間』へ赴いた。

行く途中の廊下で、クラッセン少尉が気遣わしげに言う。

「皇妃様、陛下がお裁きをする犯罪者たちは、凶悪な者ばかりです。女性は耐え難い話も出るやもしれません。もし、ご気分が悪くなられたら、いつでも私に合図してください。陛下のお邪魔にならないように、即座に控え室へお連れいたしますから」

アリアドネはニッコリする。

「ありがとう、クラッセン少尉。あなたはいつでもグレ様のことを大事にお考えなのね。あなたみたいな忠実な部下がいて、グレ様は本当に幸運だわ」

クラッセン少尉は目を瞬き、わずかに顔を赤らめる。

「は——恐縮です」

皇帝専用の入り口から『裁きの間』へ入った。

中へ入ると、円形競技場のような形をした部屋の最上段に出た。

すでにグレゴワールは着席している。

中段の席には法律関係の役人たちがずらりと並んでいた。

最下層の円形の空間の真ん中に、番兵に挟まれて犯罪人らしき男が跪いていた。

アリアドネがそっと隣へ着席すると、グレゴワールは前を向いたままおもむろに声を張り上げた。

「では、本日の裁きを開始する！」

跪いていた犯罪人が、番兵に背中を押されて前に膝立ちのまま進んだ。

ピリピリとその場の空気が張り詰めるのがわかった。

アリアドネはグレゴワールの机の前に置いてある裁判書類をちらりと見遣る。

グレゴワールは入念に下調べをしているらしく、あちこちに彼の筆跡で書き込みがあった。

グレゴワールは部屋の隅々まで響き渡る重々しい声で続ける。

「罪人キリアン・ブルックス。お前はダンガル街三番地のパン屋へ強盗に押し入り売り上げを盗もうとした際に、店主に見つかり揉《も》み合いになり、彼を死に至らしめた。強盗殺人罪は重罰である。強盗の前科もある。ゆえにお前は禁固二十年の刑を命ずる！」

うつむいていた犯罪人が、グレゴワールを見上げて悲痛な声を上げた。

「あれはたまたまなのです！　突き飛ばしたら、店主が石のテーブルの角に頭を打ち付けて命を落としてしまった。私には殺意はなかった！　私には妻と十人の幼い子どもたちがいるのです。怪我で仕事をクビになってから、生活に困窮していたのです。陛下、どうかどうか、お慈悲を！」

「言い訳は無用！」

グレゴワールはぴしりと男の言葉を遮った。

「どんな理由があれ、罪は罪である。お前は犯した罪を償わねばならぬ！」

冷酷無比な口調であった。

犯罪人の男は床に突っ伏して号泣している。

グレゴワールは番兵たちに合図をする。

「彼を引っ立てろ」

「あのぉ……ちょっと待ってください」

ふいにアリアドネが口挟んだ。

グレゴワールの眉間に皺《しわ》が寄る。

その場にいた者全員が、ハッと息を呑んだ。

皇帝陛下の裁きに口を出すなど、不敬の極み、前代未聞だろう。

グレゴワールは不愉快そうに言う。

「黙りなさい、アリアドネ。私の邪魔はしない約束だ」

アリアドネはさっと立ち上がる。小柄な自分が主張するときには、少しでも目立ちたかった。

「邪魔ではありません。その、キリアンさん、でしたか？」

アリアドネが突然話しかけたので、犯罪人は驚いたようにこちらを見た。

アリアドネは優しく微笑む。

「安心なさって。あなたの奥さんとお子さんたちの生活は、陛下が国の生活保護局に命じてあって、援助されますよ」

「え？」

男が目を見開く。

グレゴワールが身じろいで、低い声でアリアドネを嗜めようとした。

「アリアドネ、黙るのだ――」

しかしアリアドネはまっすぐ男を見つめて言葉を続けた。

「それに、あなたが真面目に罪を償えば、減刑も考慮されております。陛下がそのように書類に明記されております。だから、きちんと罪を償って、一刻も早く家族の元へお帰りになられるように」

「――ぁ」

男が唇を震わせ、涙を零した。

「ああ、ああ、陛下、陛下、感謝します。私は罪を償い、必ず更生いたします！」

男は感涙にむせび泣いている。

役人たちは意表を突かれたようにざわついている。

グレゴワールは憮然《ぶぜん》とした表情で、アリアドネを見た。

アリアドネは微笑んで見返す。

グレゴワールは咳払いすると顔を正面に戻し、少し口ごもりつつ言う。

「い、以上だ。閉廷！」

犯罪者の男は、何度もアリアドネの方に頭を下げながら、番兵たちに引っ立てて行かれた。

役人たちも次々退席する。

最後にグレゴワールとアリアドネだけになると、グレゴワールは怒りを抑えた表情でアリアドネを睨みつける。

「余計なことをするな」

「え？　余計なことじゃありません。私は補足しただけだわ」

「補足だと？」

アリアドネはグレゴワールの机の上の書類を指差す。

「そこにちゃんと書いてあるじゃないですか。グレ様はきちんと犯罪者のことをお考えなのに」

「私のメモを盗み見したな」

「たまたま、見えただけです」

「罪は罪だ」

「もちろんそうです。でも、グレ様、言葉が足りないわ」

「なんだと？」

「私も犯罪人をかばうつもりはないし、罪は償うべきでしょう。でも、温情に値する犯罪人もいるのですから、それをきちんと言ってあげればいいのに」

「犯罪人を喜ばすつもりはない」

「違うわ。希望を与えるのよ。生きていく希望、頑張って罪を償い人生をやり直す希望を与えるのよ。そうすれば、みんなグレ様に感謝こそすれ恨んだりしないわ」

「別に、恨まれようと憎まれようと、私はどう思われても気にしない」

「でも、わざわざ誤解される必要はないじゃないですか」

アリアドネはニッコリする。

「グレ様は本当は誠実で公平でお優しい方なのに」

「な――」

グレゴワールは言葉に詰まったように口を閉ざした。

「ね、『氷の皇帝陛下』から『太陽の皇帝陛下』になりましょうよ。その方がずっと格好いいわ」

「格好いいって――何を言っているのだ」

グレゴワールは呆れたように肩を竦めた。

その時、クラッセン少尉が現れて小声でグレゴワールに耳打ちした。

「陛下、法務省の役人たちが話したいと――」

グレゴワールは不愉快げに言う。

「今、取り込み中で――」

アリアドネがすかさず口を挟んだ。

「あら、雑談ですもの。どうぞ、入っていただいてよくてよ」

「かしこまりました」

クラッセン少尉に誘導されて、ぞろぞろと先ほど裁きに立ち会っていた役人たちが入ってきた。

グレゴワールはじろりと彼らを睨んだ。

「雁首《がんくび》そろえて何事だ」

一番前にいた年長の役人が、意を決したように進み出た。

「恐れながら陛下、先ほどのお裁きの件、大変感銘いたしました。罪を憎んで人を憎まず、という陛下の真意を我々はやっと気がつかされたのです」

「む――」

年長の役人はちらりとアリアドネの方に視線を投げた。

「今後、陛下の『お裁きの儀』の際には、どうか皇妃様に同席いただければ、と一同伏してお願いに上がりました」

グレゴワールの片眉がぴくりと上がる。

「なんだと？　アリアドネを同席だと？　そんな異例なことを――」

「まあ、私なら喜んで！　陛下のお役に立てるなら、なんでもしますわ」

アリアドネは声を弾ませて言った。

グレゴワールが目を見開いてこちらに顔を向ける。

「皇妃様、感謝の極みでございます」

役人たちはその場で恭《うやうや》しく頭を下げた。

グレゴワールはしばらく無言で彼らを眺めていた。アリアドネはもしかしたらグレゴワールが怒声を上げるのではないかと、内心ひやりとする。

グレゴワールは厳しい表情のまま口を開いた。

「然《しか》るべくするがよい――私は客人を待たせているのでこれで」

それだけ言うと、彼はくるりと踵を返して皇帝専用の出口からさっさと姿を消してしまった。

アリアドネは法律用語がわからずぽかんとして、慌ててクラッセン少尉にたずねる。

「今、グレ様はなんておっしゃったの？」

クラッセン少尉が微笑んだ。

「アリアドネ様の好きになさってよい、とそう申されたのですよ」

「ああよかったぁ」

アリアドネはほっと息を吐いた。

年長の役人が敬意のこもった声で言う。

「皇妃様。われわれ一同、あなた様の温情あるお言葉に感じ入りました。今後もなにとぞ陛下を支えて差し上げてください」

「あ……」

アリアドネは感激で胸がいっぱいになった。

婚姻が発表された当初は、皇帝陛下が気まぐれに妻にした名もなき小国の王女と、周囲のほとんどの者が不満と危惧を抱いていたのをアリアドネは知っている。

でもこうして、少しずつ皆に受け入れてもらえて、皇妃としての自信がついてくるような気がした。


「まったく、とんでもないはねっかえり娘を娶ってしまったかもしれぬ」

執務室の応接間で、グレゴワールは憮然とした表情でソファに深くもたれた。

「グレゴワールったら、嬉しそうじゃない」

向かいの席に座っている貴婦人がくすくす笑う。

「何を言うか、レテシア。私は呆れているのだ」

レテシアと呼ばれた貴婦人はまだ笑っている。

彼女はグレゴワールの従姉妹《いとこ》にあたる女性だ。かつて内戦の折には、運良く国外にいたので戦乱から逃れることができた、唯一の身内だ。彼女は外国の公爵と結婚し、今はそちらに在住しているが、たまにグレゴワールのご機嫌伺いにこうして城に訪ねてくる。

気心の知れた彼女は、グレゴワールが胸襟を開く数少ない人だ。

「そうかしら。最近のあなたからの手紙には、幼い皇妃様のことばかりが書き連ねてあったわ」

レテシアは紅茶のカップを優雅に持ちながら、からかい気味に言う。グレゴワールはますますむすっとする。

「文句を書いただけだ」

「あら私には惚気《のろけ》としか読めなかったわ」

グレゴワールは頭にかっと血が上る。

「からかうな」

「ふふ、お堅いあなたにも春が来たのね、いいことよ」

レテシアは余裕の笑みを浮かべている。

グレゴワールは無言で紅茶をガブガブと飲み干した。

ほんとうは、女心についてレテシアにいろいろたずねたかった。

あの小さな乙女の心の機微をどうやって掴むか、グレゴワールには未《いま》だに途方に暮れているのだ。


「――美人過ぎる……」

執務室の応接間の扉に身を潜め、アリアドネはため息をついた。

先ほどの「裁きの儀」では、少しでしゃばりすぎたかなと反省して、グレゴワールに謝ろうかと来たところだった。

そうしたら、グレゴワールが見知らぬ美女と気安そうに会話している。どう見ても親密な雰囲気だ。

グレゴワールと同世代くらいだろうか。艶やかな栗色《くりいろ》の髪は豪華に頭の上に盛り上げて結ってあるが、それに負けない美貌だ。すらりと背が高くメリハリのある身体つきをした色っぽい貴婦人である。バンドリア帝国製の身体の線を強調するドレスがとてもよく似合っている。美しいだけでなく、気品と知性に溢れている感じだ。グレゴワールの隣に置くと、理想の似合いの二人になるだろう。

彼女のくすくす笑う澄んだ声がこちらにまで響いてくる。

むすっとしているが、グレゴワールがとても寛いでいるのが手に取るように感じられた。

「……」

アリアドネはそっと回れ右して執務室を出た。

廊下で護衛兵たちと待機していたクラッセン少尉が怪訝な顔をする。

「もうお戻りですか?」

「ええ……あの、私少し頭痛がするので、自分のお部屋で休みますね。そうグレ様――陛下にお伝えくださいい」

「それはいけませんね、医師を呼びましょうか?」

「いいの、偏頭痛よ。寝ていれば大丈夫」

逃げるように自分の部屋に戻り、ソファの上にうつ伏せに倒れ込んだ。

これまでグレゴワールに他の女性の影などなかったので、動揺を隠せない。

考えたら、あんなに格好いい素敵な男性なのだ。他の女性がほっておくわけがない。恋人の一人や二人いない方がおかしいのだ。

少女っぽい未成熟な自分と違い、成熟した女性の魅力に溢れた貴婦人だった。

きっと、グレゴワールはああいう大人の女性が本当は好みなのだろう。

「唯一のひとだ」などという甘い言葉に浮かれていたが、もしかしたら意外にグレゴワールは女たらしで、どの女性にも同じようなセリフを吐いているのかもしれない。

初心で男性に免疫のないアリアドネなど、簡単に口説き落とされてしまう。

それなのに、アリアドネはグレゴワールを独り占めしていると浮かれていた。

アリアドネはクッションに顔を埋め、自嘲気味につぶやく。

「馬鹿ね、みそっかすの王女のくせに、いい気になって」

考えたら、祖国の父王だって側室を何人も抱えていて、アリアドネ自身が側室の王女ではないか。

だから、今後グレゴワールに側室ができてもおかしくないのだ。

ここは正妃として、鷹揚に構えねばならないのだ。

決意したのだから。

グレゴワールの側でずっと支えとなり生きていこうと。

アリアドネは唇をぎゅっと噛み締め、涙を堪えた。

片想《かたおも》いでいい。

好きな人と一緒にいられるだけで幸せなのだ。それ以上をグレゴワールに求めてはいけない。

彼はこの国だけでなく、いずれは大陸全体を牽引《けんいん》していく偉大な人物なのだから。

ちっぽけな自分にできることなど、ほんのわずかなことしかないかもしれない。支えになると思うことすらおこがましいかもしれない。

それでも――好き。恋しい。

アリアドネは胸が掻き毟《むし》られるようなせつない感情を持て余した。

始めて、恋とは楽しいことばかりでないと知ったのだ。

「――どうした？　もう食べぬのか？」

グレゴワールは食堂の向かいの席のアリアドネに声をかける。

昼餐《ちゅうさん》の時間だった。

彼女の皿はほとんど手つかずだ。

「はい陛下……美味しいけれど、もうお腹いっぱいです」

アリアドネは笑みを浮かべて答える。

いつもの口調だが、顔に覇気がない。

「あの陛下……お先に失礼して部屋で休んでいてもいいですか？」

「む――大事にな」

「はい陛下。ゴルゴンおいで」

アリアドネはゴルゴンを引き連れて、食堂を出て行った。華奢な背中が前よりほっそりしているように見えて余計に儚げに見える。

最近、アリアドネは物憂げな表情を浮かべることが多い。

これまでの少女のような無邪気な雰囲気に、大人びた色香が加わったようで、グレゴワールはたまにドキリとすることがある。

アリアドネが身に纏っていた無垢な光がわずかに陰りを帯びて、それがひどく男心をそそる気がした。

けれど、初めて出会った時のような弾ける笑顔や無邪気な口調が失《う》せてしまうことが、ひどく気がかりだ。

どうしたというのだろう。

そもそも、急に「陛下」などと呼び始めてよそよそしいことこの上ない。無礼すれすれな天然の言動が、アリアドネの魅力の一つだというのに。

グレゴワールは考えた末、アリアドネに里心がついたのでは、と思い至る。

嫁いで来て半年が経《た》とうとしていた。

身一つで見知った人間は一人もいないこの国にやってきた幼い彼女は、健気に振舞っているが、たまに無理をしているようにも見受けられた。

天涯孤独な自分と違って、アリアドネには両親もたくさんの兄姉もいる。きっと望郷の念にかられているのだろう。

グレゴワールはアリアドネの煌《きら》めくような笑顔を取り戻すにはどうすればいいか、しきりに頭をひねった。大事な執務が上の空になりそうで、クラッセン少尉に注意されるほどだった。

そして——ずっとこの胸の奥に滞っている甘酸っぱくもやもやした感情の正体に、やっと気が付いたのだ。

数日後のことである。

アリアドネはバンドリア帝国の歴史書を紐解《ひもと》きながら、何度目かのため息を漏らす。

ずっと気持ちが鬱々としている。

グレゴワールは変わらず堅苦しいなりに誠実にアリアドネに接してくれている。

でも、それが儀礼的なものに見えてしまう。

アリアドネの心にぽつんと落ちた暗い影はなかなか消せない。

片想いがこんなにせつないものだとは、知らなかった。

いつか、グレゴワールの心が誰か他の女性に奪われてしまう日がくるのかもしれないと思うと、苦しくてやるせなくてたまらない。

知らず知らず、グレゴワールに対してよそよそしい態度を取ってしまう。

そんな心の狭い自分にも嫌気がさすのだ。

と、ふいにノックもせずにグレゴワールが部屋に入ってきた。

彼がつかつかと近寄ると、むんずとアリアドネの腕を掴んだ。

「アリアドネ、来なさい」

「え？」

手から本が落ちてしまうが、グレゴワールはかまわずそのままアリアドネを部屋の外へ連れ出した。

そのままどんどん廊下を歩いていく。ゴルゴンが素早くアリアドネに付きそう。

「あの、ちょっと待って、陛下、どこへ？」

一直線に進んでいくグレゴワールは返事をしない。

アリアドネはなにか彼の機嫌を損ねることをしただろうかとうろたえた。

皇帝専用の螺旋階段を降りて、城の内庭へ出た。

外は穏やかな晴天であった。

「さあ、ごらん」

そう言われて、そっと背中を前に押された。

「あっ？」

アリアドネは目を見開いて棒立ちになる。

目の前に、小さな森が広がっている。

手入れの行き届いた洒落《しゃれ》た花壇だった場所に、野の木々や草花が自然の森を模して植えられてあった。

そこに、色とりどりの小鳥が囀《さえず》り、木々の間をリスが走り回り、花畑の中からウサギが顔を覗かせている。ゴルゴンがはしゃいで花畑の中を駆け回り、ウサギを追いかけた。

一本ひときわ高い樫の木があって、そこに白いブランコが設えてあった。

「これ……」

モロー城の奥庭そっくりだ。アリアドネが一番大事にしていたあの場所に。

唖然としていると、グレゴワールはアリアドネを横抱きにしてそのままブランコまで運び、そっと座らせた。

そしてゆっくりとブランコを揺すった。頬を撫でるそよ風が心地よい。

「――完全に模倣するというわけにはいかなかったが」

グレゴワールが低い声で言う。

「これで、少しはあなたの気持ちが晴れないだろうか」

「？」

アリアドネはその言葉に胸を突かれた。

彼は、アリアドネが元気がないことに気がついていたのだ。

そしてアリアドネを慰めてくれようと、立派な庭園を潰してまであの森を作り上げてくれたのだ。

「私のために……こんな……」

声を震わせると、グレゴワールはブランコを揺すりながらぼそりとつぶやく。

「あなたにはいつも輝いてほしい」

「……」

「初めて、あの庭で出会った無垢なあなたに戻れとは言えない。だが、あの時の無邪気な心を失わないでほしいのだ」

「……」

アリアドネは心が熱くなる。

グレゴワールはいつだってアリアドネのことをちゃんと考えてくれているのだ。

こんな心の広い彼を独占したいなどと思う方が、おこがましい。つまらぬ嫉妬心から離れた自分が恥ずかしい。

「あのね、陛下」

「ん、なんだ？」

「私、ぜんぜん平気です。陛下が何人側室を娶ろうと、私は気にしませんから。ううん、バンドリア帝国の繁栄のためなら、喜んで――」

ブランコの縄を揺するグレゴワールの手がぴたりと止まる。

「側室？　なぜそんな話をするのだ？」

「だって、陛下にはもっと大人で美人の貴婦人がお似合いですもの。お心に留めているお方がおられるのでしょう？」

グレゴワールの顔が険しくなる。

「何の話だ？」

「だから、陛下は私に気兼ねしないで、好きな女性を何人でも、お側に置いてよろしいのですよ」

「――」

しばらくグレゴワールは無言になった。

それから強張った顔で言った。

「その程度のものか？」

「え？」

「あなたの中で、私はその程度の存在か」

「……陛下？」

ふいにグレゴワールはブランコの縄を放した。

「私は執務に戻る。あなたはここで好きなだけ過ごすといい」

抑揚のない声を出すと、グレゴワールはそのまま大股で内庭を歩き去った。

「陛下？」

ひとり残されたアリアドネは、なぜ急にグレゴワールが不機嫌になったのかわからないでいた。

ぶらぶらとブランコを揺すりながら、アリアドネは混乱していた。

遊び疲れたゴルゴンが戻ってきて、元気のないアリアドネの顔を心配そうに見上げてくる。

「ねえゴルゴン。私、グレ様のお心がわからないの。とっても優しくしてくれたかと思うと、ふいに冷たく突き離したりして……」

ゴルゴンがきゅんきゅん鼻を鳴らし、大きな頭をアリアドネの膝に押し付けてくる。

「ふふ、慰めてくれるのね。いい子ね。グレ様より、あなたの気持ちの方がよっぽど理解できるわ」

せっかく、祖国のお気に入りの庭を再現してもらったのに、心は沈む一方であった。

その後、グレゴワールとアリアドネの間には、見えない壁のようなものができてしまった。

二人は儀礼的に会話し、食事をした。

グレゴワールは公務が忙しいと言い訳し、皇帝専用の執務室に置いてある簡易ベッドで寝るようになった。アリアドネはだだっ広いベッドに、ぽつんと一人で寝た。

おかげで夜の営みは、ぱったりと途絶えてしまった。

なぜグレゴワールがそっけない態度をとるのか理解できない。

やっぱり、アリアドネより好きな女性がいるせいなのだろう。

アリアドネは寂しくてせつなくて、今までのように明るく無邪気に振る舞えなかった。

数日後。

アリアドネの部屋に山のような贈り物が届いた。

「まあ、これはなあに？」

アリアドネはエメリアたちが次々に運び込んでくる大小の贈り物の箱を見て目を丸くする。

「皇妃様、これは全部、皇帝陛下から届けられたものですよ」

「グレ――陛下が？　なにかしら。開けてくれますか？」

「かしこまりました」

エメリアたちが贈り物の箱を開けていく。

「まあ！　これは黒真珠のネックレスですよ。この国でも滅多《めった》に手に入らない、高級真珠でございますよ」

「こちらは最新流行の帽子ですわ。豪華な孔雀《くじゃく》の羽飾りがついております」

「この大きな箱の中は新しいドレスがいっぱいですわ。全部この国一番のテーラーが仕立てたものでございます」

「こっちは、白繻子《しゆす》の靴です。ダイヤが縫いこまれてそれは綺麗ですよ」

「これは朝摘《あさづ》みの大輪の薔薇の花束です。クリスタルの立派な花瓶が添えてあります」

箱を開けるたびに侍女たちが歓声を上げる。

アリアドネはぽかんと盛大な贈り物の数々を眺めていた。

エメリアが嬉しげに声をかける。

「こんな高価な贈り物をしていただけるなんで、大陸広しと言えど、バンドリアの皇妃様だけでございますよ」

「そうなの……？」

アリアドネの反応がいまいちなので、エメリアが怪訝そうな顔をした。

「お気に召しませんでしたか？」

「ううん。どれもこれも豪華で、私にはもったいないくらいよ」

アリアドネはぎこちない笑みを浮かべた。

「でも――全部、陛下にお返ししてくれますか？」

「ええっ⁉」

エメリア始め侍女たちがあっけにとられた顔になる。

「ゴルゴン、おいで。お庭をお散歩しましょう」

アリアドネは足元に寝そべっていたゴルゴンに声をかけ、ソファから立ち上がった。

部屋を出て行こうとしたアリアドネに、エメリアが慌てて言う。

「ほ、ほんとうに、全部陛下にお戻ししてよろしいのですか？」

アリアドネはこくんとうなずく。

「ええ」

廊下に出ると、待機していた護衛の兵士たちが音もなく後に従う。

アリアドネは内庭のブランコのある森に続く小径までくると、護衛の兵士たちに振り返った。

「ブランコに乗ってきます。ゴルゴンを連れていくので、皆さんはここで待機していてください」

グレゴワールが作ってくれた小さな森は、この城で唯一のアリアドネの聖域になっていた。

だから、他のものを踏み入れさせたくなかった。

ブランコに腰を下ろし、アリアドネは集まってきた小鳥やリスたちに持ってきたパンくずを与えた。

こうしていると、まるで祖国に戻ったような錯覚に陥る。

今日は風のない晴天で、うらうらと日差しを浴びていると、バンドリア帝国の皇帝陛下と結婚したことが、うたかたの夢みたいに思えた。

でも、もうあの頃の無邪気な自分ではない。

恋に憧れていた無垢なアリアドネはもういない。

喜びも悲しみも、前よりずっと複雑な色合いを持ってアリアドネの心に迫ってくる。

グレゴワールのせいだ。

そっと、以前の気に入りのアリアを口ずさんでみた。

「恋とはなんでしょう？

私はまだ知りません。

でも、この胸のときめきは、きっと恋
あなたをひと目見た時から、私の心はあなたのことばかり
あなたのことばかり」

ちっとも心に響いてこない。

ほんとうの恋を知ってしまったのだ、と思う。

アリアドネはしょんぼりとうなだれて、ブランコに揺られていた。

アリアドネの気持ちを察してか、傍らで静かに寝そべっていたゴルゴンが、耳をぴくりと立てて立ち上がり、ワン、とひと声吠《ほ》えた。

「どうしたの、ゴルゴン？」

顔を上げると、がさがさと茂みを掻き分けて、グレゴワールがやってくるところだった。

怖い顔をしている。彼は走ってきたのか、息が乱れていた。

「アリアドネ！」

怒気をはらんだ声に、アリアドネは驚いて目をパチパチさせる。

「な、なんでしょう、陛下」

グレゴワールはずんずん進み出てくると、怒りに満ちた顔で見下ろしてきた。

「私からの贈り物を、全部戻してきたな？」

「は、はい」

グレゴワールはずいっと上半身を屈めて、アリアドネを睨んだ。

「何が気に入らぬ？」

「気に入らないことは、ないです……」

迫力にたじたじとなる。

今までグレゴワールに本気で怒られたことがなかったので、その勢いにうろたえた。

「ではなぜ、受け取らぬ？　私から物をもらうのは、そんなに嫌なのか？」

「いえ、いえ違います」

「では、他に欲しいものでもあるか？」

「そんなの……ないです、なにも、なにもいりません」

グレゴワールがかっと吠える。

「やはり、私から物をもらいたくないのではないか！」

一方的にまくし立てられ、アリアドネもむかっとした。

「贅沢な宝石やドレス、お花に帽子にハイヒールに高級な香水」

「そうだ」

「そんなものを、私がもらって喜ぶとでも思ってますか？」

「む」

グレゴワールは言葉を呑み込んだ。

アリアドネはキッと顔を上げる。

「物で釣ろうなんて、バカにしてます！」

「なに？」

「私のご機嫌を取ろうとお考えだったのでしょう？　貧乏国の元王女だから、贅沢品《ぜいたくひん》をこれでもかと与えておけばよいだろうと、そう思われたのでしょう？」

グレゴワールは唇を噛《か》んだ。

図星だったようだ。

アリアドネは目に悔し涙が浮かんできた。

「そんなもの要りません。ご機嫌を取る必要もありません！　私のことをお気に召さないのなら、放って置いてください。私は平気だわ。心にもない贈り物なんか、寂しくなるばかりだもの」

グレゴワールは心外そうな表情になった。

「いや、違う」

「何が違うの？」

「私は——私は、あなたを少しでも喜ばせたくて——元気になってほしかっただけだ」

「欲しくもない贅沢品を贈られても、元気になんかならないわ」

するとグレゴワールは苛立たしげに自分の髪を掻き回した。

「では、どうしたらいいのだ？　私には女心などわからぬ。女性一般が喜ぶことから試すしかないではないか？」

彼はいらいらと周りを歩き回った。

アリアドネはその様子が、まるで大きな熊みたいに見えて、少しだけ微笑ましくなった。少し口調を和らげる。

「もう贈り物ならいただいています。この森、このブランコ。もう、これだけで十分です」

グレゴワールは混乱気味な顔つきでこちらを見る。

「このちっぽけな森だけで？　それだけで、もうあなたは何もいらないと言うのか？」

欲しいのはグレゴワールの心だけ――そう口に出そうになり、アリアドネは慌てて唇を噛んだ。

それこそが贅沢品だ。

自分以外の女性に心を寄せている人の心を求めるなんて。

そこまであさましくなりたくない。

だって自分は皇妃なのだから。

アリアドネは鷹揚な笑みを浮かべて見せた。

「陛下、だからもう、私のことはおかまいなく。陛下は陛下のお心のままに、素敵な女性とお過ごしください。私はぜんぜん平気ですから」

グレゴワールがぴたりと足を止めた。

彼はアリアドネの瞳を覗き込むようにして、こちらの真意を探ろうとする。

「この間から、あなたの言っていることがわからぬ」

アリアドネは、辛いがここははっきり言って自分の心にも決着を付けようと思った。

「あのですね、陛下」

「なんだ？」

「私、ぜんぜん平気です。陛下が何人側室を娶ろうと、私は気にしませんから。ううん、バンドリア帝国の繁栄のためなら、どーんと喜んで受け入れますとも」

グレゴワールの綺麗な眉が不可解げに寄せられた。

「側室？　なぜそういう話になる？」

「だって、陛下にはもっと大人で美人の貴婦人がお似合いですもの。お心に留めているお方がおられるのは知っております。背の高い、栗色の髪と青い目を持つ美しい貴婦人が――陛下のお好きなお方なのでしょう？」

グレゴワールが目を見開く。

それから彼は、小声で言う。

「もしかして、あなたはレテシアのことを言っているのか？」

「ああそういうお名前なのですね。お美しいあの方にぴったりのお名前です」

「――」

しばらくグレゴワールは無言になった。

アリアドネはどうしたのだろうかと、彼を見上げた。

ふいに、グレゴワールがふふっと笑いを漏らした。彼は白い歯を見せて笑い続ける。

「は、はは――そうか、そういうことなのか」

「?」

何がおかしいのか。

「あなたは、やきもちを焼いていたのか」

「え……」

やにわにグレゴワールがブランコに飛び乗り、アリアドネを座らせたまま立ち乗りでブランコを漕《こ》ぎ出した。

「きゃっ」

急にブランコが大きく揺れたので、アリアドネは慌てて縄を掴み直す。

「そうか、そうか」

グレゴワールは何を一人で納得しているのだろう。こんな機嫌のよさそうなグレゴワールを初めて見た。

頭の上からグレゴワールの晴れ晴れとした声が聞こえくる。

「アリアドネ、私は前に言ったろう。あなたは唯一無二のひとだと」

「は、はい」

「あの言葉に、嘘はない。私は側室など取る気はまったくない。レテシアは私の従姉妹で、彼

女には愛する公爵の夫がいる。彼女は仲の良い唯一の身内だ」

「え？　そ、そうだったんですか？」

自分の早とちりだったのだ。かあっと頭に血が上った。

「私はあなたを──」

びゅんと耳元で風が唸り、アリアドネは言葉の続きを聞きそびれた。

「え？　なんておっしゃったの？」

聞き返すと、グレゴワールが繰り返した。

「私はあなたを愛している」

「え、えええっ？」

素っ頓狂な声が出てしまう。聞き間違いかもしれない。

「嘘っ、グ、グレ様、もう一度」

すると、今度は庭中に響き渡るような声を出された。

「アリアドネ、私はあなたを愛している！」

「あ……」

心臓が壊れそうなほどドキドキしている。まさか、そんな、信じられない。

グレゴワールがこんなちっぽけな自分を愛しているなんて──。

「き、聞こえません、グレ様」

「愛している、アリアドネ」

「聞こえない、です」

「愛している」

口元がふにゃりと緩んで、甘い多幸感が全身に広がっていく。もう永遠に聞いていたい。

「きーこーえませんー」

「愛している！」

「聞こえませんー」

ふいにグレゴワールが片足を地面に下ろし、ブランコをピタリと止めた。

「きゃ」

がくんと前にのめりそうになった。気を取り直した時には、身を屈めたグレゴワールの美麗な顔が迫ってきていた。

「ぁ……」

しっとりと唇を塞がれる。

「ん……ん」

何度も優しく唇を撫でられ、心震えて思わず目を閉じた。

そっと唇が離れ、耳元で艶めいた声でささやかれる。

「愛している」

「グレ様……」

「あなたのなにもかもが、愛おしい。きっと、あの庭で最初に出会った時から、私はあなたに心惹《ひ》かれていたのだ。だが、こんな気持ちは初めてで、無粋な私はなかなか自覚できずにいた。私の心無い言動は、随分とあなたを悲しませただろう。許してくれ」

「グレ様……じゃあ、あの贈り物の山も？」

「あなたが沈んでいるのに、どうすれば気持ちを引き立たせてあげられるか、わからなかったのだ。女性が喜びそうな物を贈ろうとしたのだが、的外れな行為だったのだな」

アリアドネの胸の中のわだかまりが、一気に氷解していった。

アリアドネは両手を伸ばして、グレゴワールの首を抱き寄せた。

「いいえ、いいえ。私、グレ様のお側にいるだけで幸せだもの。まさか、こんな奇跡が起こるなんて、もう死んでもいいわ」

アリアドネはぎゅっとグレゴワールの頭抱きしめ、まっすぐ視線を合わせた。

「グレ様、大好き、愛してる」

「アリアドネ」

やにわにグレゴワールがアリアドネを抱きかかえ、そのまま花畑の上に押し倒す。ふわっと周囲に花びらが舞い上がった。

性急に唇が重なる。彼の舌が歯列を割って押し入ってくる。

「あ、ふぁ……んん、んぅ……」

貪るように舌を吸い上げられ、頭の中が喜悦でぼうっとしてくる。息ごと魂まで奪われてしまうような激しいキスに、アリアドネは顔を捩って息継ぎをしようとする。

「んぅ、ふ、はぁ……くる、し……」

だがグレゴワールの顔が追いかけてきて、再び唇を奪われた。

ちゅくちゅくと水音を立てて舌を味わわれ、全身がとろとろと甘く蕩けていく。全身の隅々にまで、キスの快感が行き渡り、下腹部の奥が熱く疼いた。せつなさにきゅっと強くイキむと、きゅーんと痺れる媚悦が迫り上がってきた。

「は、あ、あ、あ、ぁ、あ」

キスだけでアリアドネは軽く達してしまった。

弓なりに背中を反らし、グレゴワールの胸にぎゅっとしがみ付いた。

唾液を啜り上げながら顔を上げたグレゴワールの表情は、せつなく切羽詰まっている。

「はぁ、は、はぁ……」

忙しない呼吸を繰り返すアリアドネの顔中にキスの雨を降らせ、彼の片手がスカートを捲《めく》り上げ、毟《むし》り取るように下穿きを脱がせる。

「あ、ぁん」

太腿を撫で上げた手が、陰唇に触れる。

「もうびしょびしょになっている――しばらく触れ合っていなかったせいかな?」

グレゴワールが吐息で笑う。しなやかな指先が、焦らすように蜜口の浅瀬をくちゅくちゅと掻き回す。それだけで、痺れるように感じ入ってしまう。

「いやぁ……グレ様ぁ……もう……」

新たな蜜が溢れ、太腿までしとどに濡らすのがわかった。

「そんなに欲しいのか?」

ぬくりと節高な指が差し込まれると、

「ぁあーっ」

背中がゾクゾク震えそれだけで再び達してしまった。

グレゴワールが意地悪い笑みを浮かべた。

「これだけで達《い》ってしまったか?」

「あぁ、あ、も……」

もう恥ずかしがる余裕もなかった。

媚肉の奥がきゅんきゅん蠕動し、苦しいくらい飢えていた。

もっと太くて硬いもので、ここを満たしてほしい。

アリアドネは潤んだ瞳でグレゴワールを見つめる。

「ああ早くぅ、グレ様、もう、欲しいの、お願い……来て」

自分からはしたなくおねだりするなんて、初めてだった。

グレゴワールの表情に凶暴な情欲の色が浮かんだ。

「可愛いね。可愛くて淫らなおねだりには、応えねばな」

グレゴワールはアリアドネの腰を抱きかかえると、そのまま身を起こし、体位を入れ替えた。

「あ……」

アリアドネがグレゴワールの上に跨るような格好になる。

グレゴワールは手早くトラウザーズと下穿きを緩め、すでに荒々しく昂ぶっている自分の欲望を引き摺《ず》り出した。

凶悪なほどそそり勃っている男根を目にしただけで、アリアドネの内壁はきゅんと締まり、また軽く達してしまう。

「さあ、自分で挿《い》入れてごらん」

「あ、う……」

いやらしく誘われても、今のアリアドネには恥ずかしがる余裕はなかった。

スカートをたくし上げると、おそるおそるグレゴワールの股間に跨る。

「ん……ん」

ゆっくりと腰を沈めると、ヌルヌルの花びらを硬い先端が擦る。それだけでかあっと全身が燃え上がってくる。

「ぁ、あぁ、あ」

しかし、何度も腰を揺らすのだが、あまりに濡れているせいだろうか、つるつると亀頭の先が逃げてしまい、なかなか受け入れられない。

「あん、あ、ん、挿入《はい》ら、ない」

焦れた声を出すと、グレゴワールが片手で自分の屹立の根元を支えてくれた。

「さあ、これでどうだ？」

「ん、は、い……」

固定された剛直に向かって、そろそろと腰を下ろしていくと、熱い先端がぬくりと押し入ってきた。

「あっ、あ、あぁ、あ」

傘の張った先端が狭い入り口を通り抜けるまでは少し手こずったが、そこを抜けると、熟れきったアリアドネの媚肉は、案外あっさりと太い肉茎を呑《の》み込《こ》んでいく。

「ん、ん、ん、あ、あ、挿入って、あ、挿入っていくぅ……」

求めていた灼熱の肉棒に満たされる悦《よろこ》びに、アリアドネは白い喉を反らせて甘く喘ぐ。

体重をかけるようにしてさらに腰を沈めると、先端が奥の奥まで届いて四肢がきゅーんと痺れて力がぬけてしまう。

「あ、あぁ、あ、全部……挿入っちゃったぁ……」

グレゴワールの股間にぺたりと尻をつける格好のまま、アリアドネは息を乱した。めいっぱいグレゴワールの分身を呑み込み、これ以上身動きすると壊れてしまいそうな錯覚に陥る。

「中、ひくひくしているね、アリアドネ」

グレゴワールが色っぽい眼差しで見上げてくる。

「いやぁ……」

長身のグレゴワールに見下ろされてばかりいるので、こうして彼から見上げられるのがとても新鮮で刺激的だ。

「このまま、動いてごらん。あなたの好きなように」

「ん、は、い……」

どうしていいかよくわからないまま、そろそろと腰を引き上げる。そして再び腰を落とす。硬い先端がぐぐっと最奥を押し上げて、痺れる愉悦が襲ってくる。

「あ、んんっ」

ゆっくりと腰を持ち上げては沈めているうちに、どんどん気持ちよくなってくる。抜けるときに強くイキみ、下ろす時に力を抜くとすごく悦いこと気がつく。

「はぁ、は、はぁ、あぁ……」

次第に夢中になって腰を上下に揺らしていると、グレゴワールの両手が伸びてきて、服の上から乳房を鷲掴《わしづか》みにした。

「あ、んん」

やわやわと乳房を揉み込まれ、その刺激がさらに内壁を感じやすくする。服地を押し上げて、乳首がツンと尖ってくると、グレゴワールの指先がそこを抉るように刺激して、きゅんきゅん甘い刺激がひっきりなしに下腹部へ走る。

疼き上がった内壁を硬い肉胴がごりごり抉っていく感触が堪らない。夢中で腰を振り立ててしまう。

「あぁ、あぁあん、あぁ、はぁあん」

「ふ――上手だぞ、アリアドネ」

「んん、んぅ、グ、グレ様、気持ち、いいですか？」

「最高だ――奥がぎゅっと締まって、素晴らしい」

「素晴らしい」と掠れた色っぽい声で言われて、甘く身震いしてしまう。

「は、はぁ、んぁ、あ、あぁ、あ」

次第に腰使いも大胆になり、上下だけではなく前後に腰を揺らすと、グレゴワールの太竿の根元に敏感な秘玉が擦れて、さらに心地よくなってしまう。

腰を振るたびにぐちゅんぐちゅんと、卑猥な水音が立つ。

「んん、ん、ん……あ、だめ……」

ただ、花芽と柔襞に同時に甘い疼きが走ると、あまりにも感じ入りすぎて、怖くなって動きを止めてしまう。これ以上感じると我を失いそうだ。絶頂の一歩手前で、躊躇《ちゅうちょ》してしまう。

焦れに焦れて、苦痛すら感じる。

「どうした？　達かないのか？」

グレゴワールはアリアドネのスカートを腰の上までたくし上げ、結合部を丸見えにしてしまった。

「あ、やだっ、見ないでぇ」

アリアドネは顔を真っ赤にして恥じらう。

「いや存分に見てやろう。あなたがいやらしく私のモノを呑み込む様子は、とてもそそる」

「言っちゃいやぁ、あ、あぁあ、はぁ……ぁ」

グレゴワールの熱い視線にも感じ入って、悩ましい吐息を漏らしながら、アリアドネは身をくねらせた。

「よいな、私の上ではしたなく乱れるあなたの姿を堪能できるとは、至福だ」

「んんぅ、意地悪、ぁ、はぁ……」

言葉責めされて、羞恥にいやいやと首を振る。

「だが、もっともっと乱してやろう」

グレゴワールの青い目に嗜虐《しぎゃく》の色が浮かんだ。彼はアリアドネの細腰を両手で抱えると、やにわに真下から腰を突き上げた。

ずずん、と最奥を突き上げられ、アリアドネは瞬時に達してしまった。

「ひゃぅんっ、ああ、あああぁ、だめぇっ」

子宮口に届くかと思われるほど深く貫かれ、四肢から力が抜けてしまう。

「やぁっ、奥まで……届いて、あ、あぁ、だめぇ、グレ様、すごい、奥、届いて、すごいのぉ、やめ、て……お願い……っ」

アリアドネはがくがくと揺さぶられながら、弱々しくグレゴワールの動きを止めようと懇願する。

だがグレゴワールは口元に凶暴な笑みを浮かべ、さらに激しく腰を穿ってきた。

「そんな可愛いことを言われたら、もっともっと啼《な》かせたくなる」

グレゴワールは、がっちりとアリアドネの腰を抱え、腰を押し回すようにして、グリグリと硬い先端で奥を刺激してくる。

「ひあぁ、あ、だめぇ、あ、ダメって……言ってるのにぃ、あ、あぁ、あ、達く、あ、もう、達っちゃったのぉお」

アリアドネは見開いた目尻から、歓喜の涙をポロポロ零して身悶えた。

「ああその顔、堪らない、アリアドネ。淫らに乱れるあなたの姿を、独り占めできるのは、私だけだ」

グレゴワールは甘やかにすすり泣くアリアドネの表情を堪能しながら、力任せに剛直を穿ってくる。

「やぁ、あ、また……あぁ、またぁ……だめぇ、あぁ、終わらないのぉ、あぁ、終わらない……っ」

絶頂が何度も上書きされ、アリアドネは際限なく達してしまう。

あまりに感じて喚きすぎて、声が嗄れてしまう。喉の奥から、ひゅうひゅうという呼吸音だけが絞り出され、呂律《ろれつ》も回らない。

「や、やあ、ら、めぇ……んんぅ、ひぅ、ひ、ひぁ、ぃ……ぁあぁっ」

深く激烈に貫かれるたび、目の前に悦楽の火花が飛び散り、やがて視界が霞んでくる。

「も、もう、んぁあ、あ、ぐ、ぐれ、さ、まぁ……」

アリアドネは助けを求めるように、グレゴワールの厚い胸板を両手で引っ掻いた。するとその手にグレゴワールの大きな手が絡みついてきた。アリアドネは彼の指に自分の指を絡ませ、ぎゅっと強く握り締めた。

より一層結合が深まったようで、アリアドネは絶頂に達したまま下りられなくなった。

「んんんんっ、あ、も、んぅあ、い、いい、あぁ、いいっ……」

自分で何を喚いているのかすら、わからない。

ただただ、グレゴワールの与える愉悦に酔《よ》い痴《し》れる。

「可愛い、可愛い、私のアリアドネ。私だけのアリアドネ――っ」

グレゴワールの劣情も限界に近くなったのか、熱っぽい声で名前を呼びながら、腰の動きをさらに速めた。その勢いに、小柄なアリアドネの身体は、グレゴワールの上でがくんがくんと大きく揺さぶられ、手を繋《つな》ぎ合っていなければ弾《はじ》き飛ばされてしまいそうな錯覚に陥る。

「あきゃぁう、あ、あ、も、も……ぅ、グレ、様、も、きて、きて、おね、がい……っ」

「アリアドネ、私も、もう――一緒に――ッ」

グレゴワールがくるおしく呻いた。

直後、どくどくとアリアドネの最奥に熱い飛沫《しぶき》が注ぎ込まれる。

グレゴワールの動きが止まり、アリアドネは四肢を硬直させて最後の絶頂に飛ぶ。

「あ、あ、いっぱい……あぁ、あ、グレ様の、いっぱい……」

アリアドネは胎内にじわりと拡《ひろ》がる白濁の欲望の熱さを感じ、うっとりと目を閉じた。

愛するグレゴワールと一つに溶け合い、彼のもので満たされていくこの瞬間の幸せが、なにより愛おしい。

「は、はぁ……はぁ、あ、ぁ……」

アリアドネはしどけなく総身を戦慄《わなな》かせ、ぐったりとグレゴワールの胸の上に倒れ込んだ。

グレゴワールの胸に顔を押し付けて浅い呼吸を繰り返していると、どくんどくんと力強い男の鼓動が直に感じられ、生きている悦びをしみじみ感じた。

グレゴワールの大きな手が、愛おしげにアリアドネの髪を撫でる。

「これまで、私はあなたに何もして上げていなかったな。あなたは私にいろいろ尽くしてくれているのに」

「え？　そんなこと、ないです。こうして気持ちよくしてくださるじゃないですか。もう、これだけでも充分幸せです」

「あなたが幸せなら、もっともっと抱いてやろう。だが、他にも何か私にしてほしいことはないのか？」

「うーん……では、新しいドレスを仕立ててもらってもいいですか？」

「無論だ。最新流行のドレスをクローゼットいっぱいに贈ろう」

「ううん、そうじゃなくて、モロー王国風のドレスを作りたいの」

「あなたの祖国の？」

「はい。この国に嫁いでくるとき、祖国のものは糸くずひとつ持ち込んではいけないと言われました。でも、この国のものでモロー王国風のドレスを仕立てるなら問題ないでしょう？　あのね、私にはこの国のコルセットで締め付ける身体にぴったりしたシルクのドレスより、やっぱり祖国のゆったりしたコットンのシュミーズドレスの方が似合うと思うの。だめかしら？」

　グレゴワールは目を細めた。

「もちろんだ。あのスタイルのドレスを着たあなたは、まるで森の妖精のようだからな。無理せず、自分の好きな服装をしなさい。もうこの国で無理したり背伸びしたりする必要はない。

あなたは好きなように振る舞えばよいのだ」

「はいっ」

アリアドネは顔を綻ばせてグレゴワールにぎゅっと抱きつき、彼の鋭角的な頬に何度もキスをした。

「うふ、グレ様、大好き」

グレゴワールは擽ったそうに顔を崩す。そして、自分からもちゅっと音を立ててキスを返してくる。

「私も、あなたが大好きだ」

「うふふ」

「ふふ」

二人は小鳥の啄ばみのようなキスを繰り返しては、微笑み合う。

ああ今、大好きなグレゴワールといちゃいちゃしてるんだ、とアリアドネはしみじみ思う。

愛し愛されるこんな日が来るなんて。

もうこの先は幸せな未来しかない。

アリアドネはそう確信した。


翌日から。

グレゴワールはもはやアリアドネに対する愛情を隠さなかった。

どこに行くにも何をするにも、アリアドネを側に置きたがった。

常に髪に触れたり肩を抱いたり、人前もはばからずキスをしようとしてくる。

アリアドネが微笑めば、蕩けそうな表情を浮かべる。

重要な会議や軍事訓練には、自分は邪魔になるから遠慮させてくれとアリアドネの方が必死で言い聞かせるほどだった。

冷酷なほど表情の硬かったグレゴワールが、笑みを浮かべたり時には声を上げて笑うようになった。

「氷の皇帝陛下」の氷がついに溶けた——周囲の驚きはいかばかりだろう。

名も知れぬ小国の末っ子の王女が、猛犬ゴルゴンばかりでなく、大陸の覇者である皇帝陛下をも陥落したのだ。

自然と周囲はアリアドネに畏敬の念を持つようになった。

透けるように薄く軽い綿モリスンのシュミューズドレスの裾を羽のように翻しながら、城の中を軽やかに動き回るアリアドネのことを、臣下や使用人、兵士たちは誰ともなく、「妖精の皇妃」と呼び習わすようになったのである。

ブランコでの愛の告白の日から、ひと月後のことである。

ダンスのレッスンのためにゴルゴンとエメリアをお供に、城内を移動している時だった。

廊下の向こう側から、お付きの侍女を従えて一人のすらりとした貴婦人が歩いてくる。

「あ……」

確かグレゴワールの従姉妹でレテシアという、アリアドネがグレゴワールの恋人と思い込んだ女性だ。

気まずい。だがこちらは皇妃だ。逃げ隠れるのもおかしい。

ゆっくり歩みを進めると、彼女の方が壁際に寄り、恭しく頭を下げた。優雅な礼だ。

彼女の前まで来ると、アリアドネは足を止めて声をかけた。

「あの……ご機嫌よう。レテシア公爵夫人」

レテシアはゆっくりと顔を上げ、柔和に微笑む。近くで見てもとても美人で、どことなくグレゴワールに面立ちが似ている。

「ご機嫌よう、皇妃様。私のことをお見知りおきでしたか」

「はい、グレ——陛下から伺っております」

「まあ、陛下が？　よかったわ。あの方、皇妃様にはなんでもお話しになられるのね」

「そ、それほどでも……」

大人の貴婦人という雰囲気が全身から滲《にじ》み出ている。グレゴワールの唯一の身内だという彼女からは、自分はどんなに幼く見えるだろうと思うと、アリアドネは気後れしてしまう。

レテシアは少しだけ考える風だったが、おもむろに切り出した。

「皇妃様、少しだけお時間をいただけますか？　陛下のことでお話が」

「は、はい」

なんだろう。

レテシアは美人だし年上だし、アリアドネよりずっとグレゴワールとの付き合いが長いのだ。優しい顔をしているが、実はアリアドネに文句でも言いたいのだろうかと、内心ドキドキしてしまう。

レテシアに促され、奥の側階段の前で二人で向かい合った。

手にした扇子を口元に当て、レテシアはアリアドネにだけ聞こえるように話を始める。

「皇妃様、陛下の過去については、ご存知でしょうか？」

「あの……反乱とか内乱とかあって、ご幼少の頃から随分とご苦労なさってきたということは、聞いています」

「そうなの。当時陛下は五歳。私は十歳で両親が外国に住んでいたので、あやうく難を逃れたの。私たちの住んでいる屋敷に、虫の息の陛下がわずかなお供たちと転がり込んできたことを、昨日のように覚えております」

「！……」

「脇腹を槍が貫通していて、重体でした。私の両親は、密かに陛下を匿《かくま》い、信用のある医師を付けて看病したのです。陛下は生死の境を彷徨《さまよ》いましたが、幸いにも一命を取り留めました」

「なんて痛ましい……」

「回復した陛下から、私は陛下の父上の側室の女性が裏切り、反乱軍を城内に手引きしたのだと聞きました。あの時から、陛下は女性に対して強い不信感を抱くようになられたのですわ」

「──」

「これまで、陛下は女性を身近に置こうとはなさらなかった。陛下はあのように美麗な男性ですから、数多の女性がお近づきになろうとしたけれど、一顧だにされなかったのよ」

「そんなに、お心に深い傷を負われたのですね」

「ええ、でも、皇妃様をこの国にお連れになってから、あの方は変わられましたわ」

「え……」

真剣な表情で話していたレテシアが、ふいに破顔した。

「それまで、あの方が私にくれる手紙の内容と言ったら、軍隊がどうのこうの、政治がどうのこうのって、呆れるくらい無味乾燥な堅苦しいことのみでしたの──それが、いきなりあなたのことばかり書いてくるようになったのよ」

「私の……？」

「ええ。どんなに生意気か、どんなにお転婆か、どんなにぼんやりさんか、どんなに破天荒か、って、そんなことをずらずら書き並べてあったの」

アリアドネは顔が真っ赤になった。

「いやだ、恥ずかしい。悪口ばかりじゃないですかっ」

レテシアは首を横に振る。

「いいえ、私にはわかりました。陛下はそう言うあなたのすべてが、愛おしくて可愛いのだと。あの人、カタブツだから自覚がなかったみたいだけれど、そりゃもう端《はな》からあなたに夢中でしたのよ」

レテシアが、アリアドネのこれまでの幾多の失態を全部知っていたのかと思うと、背中にいやな汗がじっとりと流れた。

「そ、そんなこと……もうっ、いやだ、陛下ってば」

レテシアがそっとアリアドネの手を握る。

「どうか、陛下をお願いします。私は外国にいるから、いざという時、あの方の力になれません。皇妃様、あなただけが陛下を支えて上げられるのです」

慈愛に満ちたレテシアの言葉は、アリアドネの胸を打った。

自分もレテシアの手を握り返した。

「私なんかでできることがあるのなら、なんでもグレ様のお力になりますっ」

「あら、グレ様って呼んでらしてるのね。豪傑陛下もあなたには形無しね。ふふっ、いいことだわ」

レテシアは表情を正し、深々と一礼する。

「皇妃様、何卒《なにとぞ》、従兄弟をよろしくお願いします」

「はいっ、まかせてくださいっ……けほ、こほっ」

アリアドネは意気込んで、自分の胸をどん、と叩いた。とたんに咳《せ》き込《こ》んでしまう。

レテシアがぷっと吹き出す。

「ほんとうにお可愛らしい。あなたには、人を幸せにする佇まいがあるわ。陛下があなたを見《み》出《いだ》して、ほんとうによかったこと」

「そ、そうでしょうか……い、威厳が足りないと反省してます」

「いいのよ、威厳なら陛下が十分すぎるほど持ってらしてるから」

「そ、そうですね。私は陛下に足りないところを補います——ええと、愛想がないところなんかを」

「そうそう。どうして陛下はあんなに無愛想なんでしょうね。美男子が台無しだわ。もう少し柔らかくされれば、いろいろ誤解されることもないでしょうに」

「そーなんですよ。すぐ怒鳴るし。怖い顔で大きな声を出すから、みんなビクビクしちゃうんです。まあ、私はちっとも怖くないですけど」

「ふふふ、殿方の悪口を言うのは女子の特権ね」

「うふふ」

二人は顔を見合わせてくすくす笑った。

「これからも、身内として仲良くしてちょうだいね、皇妃様」

「はい。私もお手紙を出します」

「嬉しいわ、必ずよ。ああもう行かなくちゃ。里帰りばかりしてると、夫に拗《す》ねられてしまうわ」

レテシアは名残惜しげに別れを告げて、その場を去っていった。

その優雅に歩き去る後ろ姿を見送りながら、アリアドネは心を割って話せる同性の友だちができたことが、しみじみ嬉しかった。

同時に、グレゴワールの過去を詳しく知るにつけ、彼の心の傷を癒《いや》して上げたいと強く思うのだった。

第五章　蜜月と忍び寄る影

季節は初秋になった。

「今夜は寒いから、グレ様が湯浴みからお戻りになるまで、室内ばきとガウンをあっためておきましょうね、ゴルゴン」

アリアドネは暖炉の前に腰を下ろし、グレゴワールの室内ばきを暖炉の側に椅子に載せ、ガウンは椅子の背に広げるようにして掛けた。

そして、絨毯の上に膝を抱えるようにして腰を下ろす。ゴルゴンがぴったりと寄り添って、ぺろぺろとアリアドネの頬を舐める。

「ふふ、擽ったい」

ゴルゴンの耳の後ろを撫でてやりながら、アリアドネは昼間の騎馬隊の閲兵式でのグレゴワールの姿を思い浮かべていた。

陸軍総指揮官でもあるグレゴワールは、鮮やかな青い軍服姿で白馬に跨り颯爽《さっそう》と指揮を執っていた。

キビキビして凛々《りり》しく、観覧席にいたアリアドネはうっとり見惚れてしまっていた。

「いいなぁ、人馬一体ってああいうことを言うのよね」

バンドリア帝国では貴婦人も乗馬を嗜む。だが祖国では女性が馬に乗る習慣がなかった。天気の良い日には、城内の馬場で、貴婦人と紳士が並んで乗馬を楽しむ風景が見られ、アリアドネは羨ましく眺めていた。

あんなふうにグレゴワールと並んで馬に乗れたら、さぞかし楽しいだろう。

「こんな感じかな」

アリアドネはガウンを掛けてある椅子の上に、部屋着の裾を捲り上げて跨った。

昼間のグレゴワールの乗馬姿を思い浮かべ、腰を揺すってみる。

「はいよう、どうどう」

見よう見まねで乗馬の真似をしていると、

「なんだ、そのはしたない格好は？」

ふいに声をかけられ、きゃっと椅子の上で飛び上がってしまう。

部屋の戸口に、腕組みをしてグレゴワールが呆《あき》れ顔《がお》で立っている。アリアドネは焦った。慌ててスカートの裾を直す。

「ちょ……やだあ、グレ様、ノックくらいしてくださいっ」

「扉が開いていたからな。その格好はどうした？　私を待ちきれず、自分で慰めていたのか？」

「え？　何、自分でって……」

「腰をいやらしく振っていたからな」

アリアドネはグレゴワールの言葉の意味がやっとわかり、顔から火が出そうになった。

「もうっ、そんなこと、しませんっ。乗馬のつもりで……」

「馬より、私に跨りたいのではないか？」

グレゴワールが意地悪い笑みを浮かべ、部屋に入ってきた。湯上がりの彼からは、シャボンの甘い香りがした。

「グレ様の、そういう不謹慎なところ、嫌いです」

アリアドネはぷっと頬を膨らませる。

グレゴワールは椅子の背にかけてあったガウンを羽織った。

「温めておいてくれたのだな、いい子だ」

アリアドネは返事をせずにツンとして椅子から下りようとした。

すると、グレゴワールが椅子に乗ったアリアドネごと、自分の方にくるりと反転させた。

「そのまま」

「え？」

グレゴワールは素早くアリアドネのスカートの裾を捲り上げた。先に湯浴みを終えたアリアドネは、下穿きを着けていない。下腹部が露わになった。

「あっ」

「ここで、してごらん」

「し、してって、何をするんですか？」

「自分で慰めてごらん」

「うえっ？」

「すごい声を出したな」

「じ、自分でって……だって、だって、目の前にグレ様がいるのに、どうして自分でする必要があるんですか？」

　グレゴワールがくくっと含み笑いした。

「あなたのそういう無邪気なのに妖婦みたいなところが、とてもそそる」

「よう、ふ？」

「あなたは、男を惑わす天然の悪女の素質があるぞ」

「ひ、ひどい、悪女、なんて」

「褒め言葉だ、さあ、自分でそこをいじってみなさい」

「や、やですっ、そんなこと、絶対にしませんっ」

「うまくできたら――明日、あなたに乗馬を教えてあげよう」

「えっ？　ほんとうに？」

「私は嘘はつかない」

「あぁ……どうしよう……」

「ほら、早くやってごらん」

アリアドネは逡巡《しゅんじゅん》する。

乗馬はものすごく魅力的だが、恥ずかしい場所を自分でいじるなんてありえないし、ましてやグレゴワールの前で行うなんて。

「だ、だって……したこと、ないもの。わからない……」

「いつも、私が触っているだろう？　それを思い出して」

「え、う……ぅ」

アリアドネは椅子に上で膝を引き寄せ、少しだけ足を開く。

「もう少し足を開いて」

「み、見られちゃう……」

「見たいのだ、あなたの自慰を」

「本当にグレ様って、いやらしい」

「いやらしい私が、好きではないか？」

「す、好き、です、けど……」

こんな言葉のやり取りをしている間に、なんだか身体が熱く火照ってくる。

暖炉の前にいるせいだろうか。

ただ会話をしているだけのなのに、部屋着の服地の内側で、乳首がちりちりと灼け付いて来る気がした。

「ちょ、ちょっとだけですよ」

アリアドネはそろそろと両手を股間に下ろしていった。

さわっと薄い恥毛に触れて、びくりと腰が浮いた。

「ん……」

割れ目を指先でさぐってみる。擽ったいような疼くような感覚に、媚肉の奥がひくりと戦慄《わなな》いた。

「ん、っぁ、あ」

ゆっくり上下に撫でていると、じわりと愛蜜が滲み出て、指がぬるぬると滑った。

「あ、あ、は……」

「気持ちよくなってきたか？　ほら、あなたの一番感じる可愛い蕾にも触れてごらん」

グレゴワールの眼差しが股間に釘付《くぎづ》けになっているのを痛いほど感じる。その視線だけで媚肉がじんじん疼いて、奥から新たな愛液がとろりと溢れてくる。

「え、どこ？」

秘玉の場所がわからず、蜜口の浅瀬を指で右往左往していると、グレゴワールが助け舟を出す。

「花びらのもう少し上の方だよ。そう、そこだ」

「え？　ここ？——あっんっっ」

小さな突起を指先がぬるりと擦った瞬間、びりっと鋭い喜悦が走り、アリアドネは背中を仰け反らせて甲高い声を上げてしまった。

「そこだ。感じるだろう？　いつも私がしてあげているように、優しくいじって」

「は、はい……ん、んん、は、はぁ……」

拙い動きで鋭敏な秘玉をころころと転がすと、痺れる快感と共にそこがぷっくり膨れてくるのがわかった。溢れる愛液を塗り込めるようにして、指先でそこを撫で回すと耐えがたいくらい愉悦が込み上げてくる。

「あ、あぁ、あ、や……ぁ、あぁん」

どんどん快感が増幅するにつれ、自然と両足が開いてしまう。

「いい子だ、悦くなってきたね。さあ、もっとあなたの秘密の場所を開いて見せて」

「んん、あ、は、はぁ、こう、ですか？」

二本の指で陰唇を押し開くと、じゅくっと愛液が零れてきた。

「もうすっかり真っ赤に熟れてぬるぬるになって——なんていやらしいのだろう」

「ああいやぁ、言わないで、あ、あぁ、は、はぁ……」

疼く陰唇をなぞり上げ、行き着いた先にある陰核を撫で回すと、心地よさに腰が浮いてしまう。同時に、触れてもいない乳首が疼いて仕方ない。

手を動かしながら、潤んだ瞳でグレゴワールに訴えた。

「あ、グレ様、お、おっぱい、も、触っていい、ですか？」

グレゴワールが我が意を得たりという表情になる。

「いいとも。あなたが一番気持ちよいことを、するがいい」

「ん、は……あぁ」

片方の手で薄い部屋着の上から乳房に触れると、ツンと尖った乳首の形がはっきりわかった。秘玉を転がしながら、同じように凝った乳首をくりくりと擦り上げると、淫らな疼きがさらに増して、身体が波打つように揺れた。

「あぁん、あ、んん、あぁ、や、ぁあん、だめ……ぇ」

快感が下肢から迫り上がってくる。媚肉の奥が淫らにうねり、そこにも刺激を渇望している。

だが、その前に秘玉の指戯だけで上り詰めてしまいそうだ。

「ね、ねえ、グレ様、だめ、も、達っちゃう……っ」

喘ぎながら訴えると、グレゴワールは劣情に囚《とら》われてぞくぞくするほど色っぽい顔つきで、じっとこちらを凝視しながらささやく。

「一人で、達くんだ。しっかり見ていてやろう」

グレゴワールの顔がぐっと股間に寄せられた。

「あん、そんなの、あ、やぁ、見ないで、そんなに見ないで、あ、あぁ、あああぁあぁあっ」

羞恥心の頂点が来たのと同時に、アリアドネは自慰で達してしまった。

びくんびくんと腰が痙攣し、こぽりと新たな愛蜜が奥から噴き出す。

「は、はぁ……ぁ、ああ……」

蜜口が何かを求めるみたいにひくひくと開閉を繰り返す。

「いい子だ。初めて自慰で達ったね」

グレゴワールの大きな手が、子どもをあやすようにアリアドネの頭を撫で、頬を撫で下ろす。

アリアドネは口元まで辿ってきたグレゴワールの節くれた人差し指を、思わず口に咥え込んだ。

「んん、んん……」

舌先で指を舐め回し、吸い上げては舐めた。グレゴワールが驚いたように指を引き抜く。ぷはっと息を吐き出すと同時に、唾液が彼の指先から銀の糸を引いた。

アリアドネはさらに足を開き、両手で戦慄《わなな》く蜜口を押し開いた。ひくつく媚肉の奥からは、ひっきりなしに粘ついた淫蜜が溢れてくる。

「あぁん、グレ様ぁ、もっと欲しいの……ここに……お願い……」

はしたないおねだりをしているとわかっていたが、自慰で火のついた媚肉は、グレゴワールの欲望で埋めてほしくてたまらなくなっていた。

グレゴワールが吐息で笑う。そして両手を差し出した。

「おいで。可愛いくて淫らなおねだりに、応えなくてはな」

「ああ……」

アリアドネはあられもない格好でグレゴワールに抱きついた。アリアドネはちゅっちゅっと音を立てて、グレゴワールの顔中にキスの雨を降らせる。

「グレ様、好き、大好き……グレさまぁ」

「可愛い私のアリアドネ」

グレゴワールはアリアドネを抱き上げ、彼女にキスを返しながら、ゆっくりと寝室へ向かった。


翌日は秋日和であった。

城の東にある馬場で、アリアドネはグレゴワールから乗馬の手ほどきを受けることになった。

馬場の柵の前に、乗馬用のスカートを着けて待っていると、グレゴワールが自分の愛馬に跨って厩舎《きゅうしゃ》から出てきた。彼が背後のクラッセン少尉に合図すると、少尉は小柄な栗毛《くりげ》の馬を引いて現れた。

「そら、あなたの体格に合った、小柄で大人しい馬を選んだよ。クラッセン、アリアドネを鞍《くら》に乗せてやれ」

「はっ」

アリアドネは馬場に入ると、クラッセン少尉に補助してもらい、鞍の上に横乗りになった。

「きゃっ、高い」

小柄な馬の上でも、想像以上に視界が高くなった。

「上半身は正面に向けて、手綱を持ってみなさい」

「は、はい。こう?」

「そうだ。そのまま軽く手綱で馬の首を叩くだけで、前に歩き出す。左右に動かす時も、ごく軽く手綱を引くだけだ。訓練の入った馬だから、きちんと動くからね。では、ゆっくり私の後から歩かせてみよう」

グレゴワールが先に立って馬を歩かせる。アリアドネがおずおず手綱を使うと、栗毛の馬は大人しくその後ろを歩き出す。

「あ、歩いた、きゃ、揺れる、お、落ちそう」

馬の上は意外に振動が大きかった。

「大丈夫。ゆっくりとだ。そう、いいぞ、アリアドネ」

グレゴワールが後ろを振り返りながら、声をかけてくれる。

二人はゆっくりと馬場を何周かした。

だんだん手綱の扱い方に慣れてきて、アリアドネの気持ちにも余裕が出てきた。小柄なアリアドネは、今までない高い視線を得て、気持ちが浮き立った。

「グレ様、とても気持ちいいです。眺めもすごくいいし」

「そうだろう？　馬はいいぞ。もっと慣れたら、一緒に城外に遠乗りもしよう」

「うわあ、夢みたいです」

馬場の柵の外では、クラッセン少尉とゴルゴンが二人を見守っていた。

「今度は並んで歩こうか」

グレゴワールが馬首を返そうとした時だ。

突然、グレゴワールの馬がひひーんと甲高い声で嘶《いなな》き、後ろ足で立ち上がった。

「どう、どうどう」

グレゴワールは声をかけながら馬を落ち着かせようとした。しかし、馬は気が触れたように激しく飛び上がったり、その場でぐるぐる回ったりし始める。

「グレ様っ」

驚いてアリアドネが声をかけると、柵を飛び越えてきたクラッセン少尉が、素早くアリアドネの馬の手綱を引いた。

「皇妃様、こちらへ！」

クラッセン少尉は柵のそばまでアリアドネの馬を寄せると、さっとアリアドネを抱き下ろした。

　グレゴワールは必死に馬をなだめようとしたが、手に負えないほど暴れまわっていて、今にも落馬しそうだ。

「皇妃様、柵の外へ」

　クラッセン少尉はアリアドネの腰を抱き上げ柵の外に下ろそうとした。

　その時、どさりと鈍い音がして、地面にグレゴワールが叩きつけられた。

「きゃあっ、グレ様っ」

　アリアドネは悲鳴を上げた。

　暴れた馬は、倒れたグレゴワールを踏もうと仁王立ちになった。

「危ないっ」

　アリアドネは恐怖できゅっと心臓が縮み上がった。

　グレゴワールはすんでのところで脇に転がり、振り下ろされた馬の前足から逃れた。

　ほっとしたのもつかの間、興奮しきった馬は、突然向きを変え、まっすぐこちらに向かって暴走してきた。

「皇妃様、お早く！」

　馬が飛び込んでくる寸前、クラッセン少尉はアリアドネを柵の外へ下ろした。

「少尉、危ないっ」

アリアドネが叫んだ直後、馬はクラッセン少尉にのし掛かり、柵を壊し共々どおっと倒れた。

馬はじたばたもがいたが、どこか脚でも折ったのか起き上がれない。

クラッセン少尉は馬と柵の下敷きになっていた。

「クラッセン！」

起き上がったグレゴワールが左手を押さえながら、こちらに走ってくる。

クラッセン少尉は苦しい息の中から答える。

「へ、陛下、私のことはいいです。早く皇妃様と避難を――」

グレゴワールは倒れた馬の下に両手を差し入れた。

「馬鹿を言うな、このままでは圧死してしまうぞ！」

呆然としていたアリアドネは、ハッと我に帰る。

「誰か、誰か来て！　事故です！」

声をかぎりに叫んだ。ゴルゴンもわんわんと吠え立ててくれる。ばらばらっと、向こうから番兵たちが走ってくるのが見えた。

ゴルゴンが唸りながら柵を飛び越え、馬の後ろ足に噛《か》み付いてグレゴワールを手伝うように引っ張る。

「よしいいぞ、ゴルゴン。押すぞ、いいか」

グレゴワールは腕に力を込め、五百キロはあろうかという馬の身体を持ち上げるように押した。わずかに馬の身体が浮き、隙間ができる。

「クラッセン、這《は》い出ろ！」

言われてクラッセン少尉は這いずって馬の下から抜け出た。グレゴワールはほっと息を吐いて、馬から身を離す。

「陛下！　ご無事ですか！」

番兵たちがわらわらと駆け寄り、まだじたばたしている馬を取り押さえる。

「グレ様っ」

アリアドネは我を忘れて柵をよじ登り、グレゴワールの元に駆け寄った。

「お怪我は、お怪我は？」

「ああ大丈夫だ。腕を軽く打撲したくらいだ」

グレゴワールが落ち着いた声で答えた。

アリアドネは半泣きでグレゴワールに抱きつく。

「ごめんなさい、ごめんなさい。私が乗馬をしたいなんて言ったから……」

「いや――あなたのせいではない。どうしたことか。大人しい性格の馬だったのに」

グレゴワールは数人がかりで起き上がらせた馬を難しい表情で見遣る。馬はまだ興奮が収まらないようで暴れている。

「クラッセン少尉を医務室へ」

両脇を番兵たちに支えられたクラッセン少尉に、グレゴワールは声をかける。

「無事でよかった、クラッセン」

「――陛下。申し訳ありません」

クラッセン少尉はうなだれたまま、医務室へ向かった。その後ろ姿を、グレゴワールが複雑な表情でじっと見送っている。

アリアドネは急いでクラッセン少尉に駆け寄って労《いたわ》りの声をかけた。

「少尉、災難でしたね。きちんと手当をしてもらうのよ」

クラッセン少尉はこちらに顔を振り向け、何か言いたげな表情をしたが、深く一礼して歩き去っていった。

アリアドネはすぐにグレゴワールのところへ取って返し、気遣わしげに彼の左手に触れる。

「グレ様も、お医者様に」

「私はたいしたことはない。ほんのかすり傷だ」

アリアドネは涙ぐみながらも、自分のことを顧みずに部下の命を救ったグレゴワールの行動に感動していた。とっさにあんなふうに動けるものはない。

「グレ様、まるで神話に出てくる英雄のようでした。ほんとうに格好よかった――でも」

アリアドネは鼻を啜り上げる。

「もう危ないことはしないで。私、生きた心地がしなかったです」

グレゴワールは細い肩を震わせているアリアドネを、軽々と横抱きにする。そして、涙に濡れたアリアドネの頬に自分の顔を押し付け、愛おしげにすりすりした。

髭《ひげ》の剃《そ》り跡《あと》が残っていて、擽《くすぐ》ったい。

「んふ、ふ、や、擽ったい……」

顔を背けようとすると、グレゴワールが耳元で低い声でささやく。

「今回の騒動はあなたのせいではない。私のせいだ。これからは、私があなたを必ず守る」

「え？」

どう意味だろう。馬の下敷きになったのが、アリアドネだったかもしれないからか。

グレゴワールはぎゅっとアリアドネを抱きしめせつない声を出した。

「必ずだ」

そんな声を聞くのは初めてだった。突然の事故に、なんだかいやな胸騒ぎがした。

「やだ、グレ様。私はぴんぴんしてますから。そんなに心配しないで」

アリアドネは逆に慰める形になってしまった。

そこへ、馬の世話役が血相を変えてやってきた。

「陛下、御馬の状態でご報告が——」

グレゴワールはちらりとアリアドネを見遣った。

「先に部屋に戻っていなさい。あなたも疲れたろう」

「え、でも……」

グレゴワールは少し厳しい声を出した。

「いいから、お茶でも飲んで心を落ち着けなさい」

「はい……」

控えていた侍女とともにその場を離れる。

振り返ると、グレゴワールと馬の世話係が深刻そうな顔で話し込んでいた。

馬の世話係が、

「残念ですが、御馬は殺処分に——」

と言う声が耳に入った。

アリアドネはドキンと心臓が跳ね上がる。

騎馬軍人であるグレゴワールは、馬をとても大事にしていた。今回の事故で、馬の脚でも折れてしまったのだろうか。なんと可哀想なことだろう。

グレゴワールの胸中を慮《おもんぱか》って、アリアドネは心が締め付けられた。

それで、あえて無邪気そうにグレゴワールに声をかける。

「そうだ、グレ様。午後のお茶に私がお菓子を焼いて差し上げましょう。モロー王国の名物の甘いクッキーですよ。それを一緒に食べて、元気出しましょう。ね、ね」

グレゴワールは表情を和らげて、こちらを見た。

「そうだな。あなたに料理ができるとは思わなかったが」

アリアドネはぷっと頬を膨らませる。

「馬鹿にしないでください。国にいた時は、姉上たちとよくお菓子を作ったんですから」

「そうか。では私専用のシェフの厨房を借りなさい。あなたとのお茶の時間を楽しみにしている」

「はいっ、まかせてください」

と、胸を張る。

失意のグレゴワールをなんとしても元気付けてあげたい。


「うう……」

皇帝専用の一流シェフの使う立派な厨房の真ん中で、アリアドネは立ち往生していた。

姉たちとお菓子作りをしたというのは、嘘ではない。

が、もっぱら作るのは姉たちでアリアドネは味見専門であったのだ。

グレゴワールの気持ちを引き立たせたい一心で、つい口走ってしまったのだ。シェフが手伝いましょうと申し出てくれたが、見栄《みえ》を張って断ってしまった。

うろ覚えで材料を取り出す。

「とにかく、小麦粉とミルクと卵とお砂糖を混ぜて焼けば、できるはずよ」

目分量で材料を混ぜて捏《こ》ねると、なんだかそれっぽい感じになってきてホッとした。

「なんだあ、簡単じゃない。あとはかまどの天火で焼けばいいんだわ」

アリアドネはほっとして、捏ねた材料を台の上に広げて型を取り出した。


「アリアドネ――もはや深夜であるのだが？」

厨房の外から、グレゴワールが声をかけてきた。クンクンとゴルゴンの鼻声もする。

「あっ、だめっ、グレ様入っちゃだめっ。もう直《す》ぐできるから……」

アリアドネは甲高い声を出した。

グレゴワールは扉の外で苦笑する。

「いや――このままでは日を跨《また》いでしまうぞ」

グレゴワールがドアノブに手をかける気配がした。

「ダメっ。ドアを開けたら泣きますからねっ」

「困った人だ」

グレゴワールの声が遠のいたので、アリアドネはホッとした。

だがすぐ、厨房の換気用の大きな窓がガタガタいい、パッと開いた瞬間、グレゴワールが中へ飛び込んできた。

「きゃあっ、どっから入ってくるんですかっ」

「ベランダから伝ってきた。ドアからは入らなかったぞ——それにしても」

グレゴワールは呆れ顔で厨房を見渡した。

厨房の中は、小麦粉や砂糖がそこら中に飛び散り、焦げ臭いにおいが充満していた。テーブルの上には、無数の汚れたボウルと真っ黒焦げや生焼けのクッキーが山と積み上げられていた。

「戦場であるな」

「うう……」

アリアドネはべそをかく。うなだれて、粉だらけのエプロンを握りしめる。

「ご、ごめんなさい……実は……生まれて初めてクッキーを作りましたっ」

見下ろしてくるグレゴワールの視線がつむじに突き刺さる。見栄《みえ》っ張《ぱ》りな自分が恥ずかしい。

ふわっと頭を撫でられた。

「まあ、気持ちだけいただこう」

「でも、でも……厨房を独り占めして、グレ様、お腹空いてしまったでしょう」

グレゴワールは失敗作のクッキーの山を吟味するように見ていたが、中から一つ取り出して口に入れた。

「あっ、グレ様……」

もぐもぐ咀嚼《そしゃく》してから、彼は笑みを浮かべる。

「まあ、食べられないものでもないぞ。その、なんというか、軍隊の携帯食料と似たような味だ」

「それ、褒めてます？」

「初めてにしては上出来だろう」

褒めるのが苦手なグレゴワールが、言葉を探しながらアリアドネを慰めようとしているのが痛いほど伝わってきた。

アリアドネはやにわに失敗作のクッキーを鷲掴みにし、口の中に押し込んだ。

「ん、んん、もぐもぐ……」

苦いのや甘いのやガリガリなのとねとっとしたのとが口の中で混ざり合い、とんでもない味がした。喉に詰まりそうになるが、無言で食べ続ける。

「あ、アリアドネ、無茶《むちゃ》なことはするな」

グレゴワールはアリアドネの腕を掴んだ。

「腹を壊したらどうする」

アリアドネは口の周りを粉だらけにして、言い返す。

「やっぱり、不味《まず》いじゃないですかっ、嘘つきっ」

叫んだ途端、口からぷわっとクッキーの粉がタバコの煙みたいに飛び散った。

呆れ顔のグレゴワールの表情が、くしゃっとなる。

彼は、ははっと声を上げて笑った。

「あ、あなたは本当に、突拍子も無い。なんと可愛いのだ。世界で一番可愛い」

グレゴワールはアリアドネを抱き寄せ、粉だらけの口に軽くキスをした。

「私は嘘は言っていないぞ。食べられないでもない、と言ったのだ」

「不味いってことでしょう」

「いや、あなたの涙と汗と愛の味がして、とても胃にしみた」

「もう、うまいこと言って……」

「本当だ、アリアドネ。あなたが私のことを深く思ってくれていると、ひとつひとつこうやって確認できることが、胸に響く」

グレゴワールが自分の心臓の位置を指で叩く。

「ここに――空っぽだった私の心が、あなたで満たされていく」

「グレ様……」

「あなたは知らないのか。どんなに私があなたを愛おしく思っているか」

「グレ様」

「可愛い私のアリアドネ」

「グレ様ぁ、大好き」

こんなに愛されていいのだろうか。嬉し涙が溢れる。

感動していたら、ふいにお腹がきゅるるるっと鳴ってしまう。

「あっ、やだ」

なぜいいムードの時に限って、粗相をしてしまうのだろう。ほんとうに恥ずかしい。

グレゴワールが笑みを深くする。

グレゴワールはアリアドネの腰を抱いて、椅子の上にちょこんと座らせた。

「では、私がお返しに夕飯を作ってあげよう。簡単なスープでいいかな？」

彼は腕まくりすると、屈んで竈《かまど》の火の加減を見た。

「えっ、グレ様、お料理できるのですか？」

「軍隊の野外演習などでは、煮炊きは自分でするからな。一通りはできる」

彼はてきぱきと湯を沸かし、野菜やベーコンなどを刻み始める。

アリアドネは目を丸くして、厨房で立ち働くグレゴワールを見ていた。

ほどなく、ほかほか湯気の立つスープが出来上がる。

グレゴワールはテーブルの上をざっと片すと、二人分の椀《わん》にスープを注ぎ、パンとチーズを切って皿に載せた。そして、アリアドネの向かいに腰を下ろし、スプーンを差し出す。

「さあ、食べようか」

アリアドネは劣等感に襲われてしゅんとしてしまう。

なにをやっても器用なグレゴワールに比べ、自分はなんて無能なのだろうと思う。うつむいているとと、グレゴワールがスープをスプーンで掬いアリアドネの口元に運ぶ。

「ほら、ああんして」

食欲をそそる香りに誘われて、思わず口を開ける。

「……あーん」

そこにスープを流し込まれる。

「美味しい……！」

ほっぺたが落ちそうなほど美味《おい》しかった。

グレゴワールは満足げだ。

「そうか、もっと食べなさい」

彼が再びスプーンでスープを口の中に入れてくれる。アリアドネは夢中で口を動かした。

「すごく、美味しい。グレ様、天才。皇帝陛下を失業しても、シェフで食べていけます！」

「失業か」

グレゴワールは苦笑する。パンを一口大にちぎって蜂蜜を塗り、それも口の中に入れてくれる。

「もぐ、もぐ、んん、美味しい」

「ほら、食べこぼすな」

グレゴワールの指先が、口元についた蜂蜜を拭い、その指を舐める。少しお行儀の悪い仕草も、とても様になっている。

　さっきの落ち込んだ気持ちも薄れ、アリアドネはニコニコ顔になる。

「シェフの奥さんもいいですよね。毎日美味しいものが食べられるもの」

「シェフの仕事は、客に美味《うま》いものを出すことだろう。妻に食べさせては商売にならぬぞ」

「あ、そうか」

　二人は顔を見合わせてふふっと笑う。

　グレゴワールは自分のスープを掬いながら何気なく言う。

「早く結婚式を挙げよう。来月に予定を繰上げよう」

「んぐ？」

　元の結婚式の予定は新年明け早々のはずだ。

　アリアドネは喉に詰まったパンを目を白黒して呑みくだし、慌てる。

「ら、来月、は、早くないですか？」

「いや、遅すぎるくらいだ」

「で、でもでも……心の準備が」

「もう待てない。一刻も早く、あなたと公私ともに夫婦になりたい」

「でも……」

「世界中に、皇帝グレゴワールの愛する妻はアリアドネであると叫びたいのだ」

「世界中に愛を叫ぶ――」

「それに――」

ふいにグレゴワールは言葉を切った。何か考え込む表情になっている。

アリアドネは怪訝そうに彼の顔色を伺う。

「とにかく食べなさい。このチーズも美味いぞ」

やにわにチーズの大きな塊を口に押し込まれ、アリアドネは何も言えなくなってしまう。

もぐもぐ口を動かしながら、たまにグレゴワールが見せる沈鬱な表情が気になっていた。

彼に悩みがあるのなら、妻として分かち合ってほしい。

「――あのね、グレ様」

「なんだ、チーズをもっと食べるか？」

「もしなにか困っていることがあれば、私に話してくださいね。私が必ず力になりますから」

グレゴワールはハッとしたように表情を動かす。

「あなたは、ぽうっとしているようで、とても勘のよいところがあるな」

「ぽうっとは余計ですっ」

「ふふ――そうだな。困っていることといえば、私は一秒ごとにあなたを好きになっていくことかな？」

「ちょ……」

ボボッとか顔から火が出そうになる。

真っ赤になって口だけ動かしていると、グレゴワールがにやにやして見つめてくる。

「お腹がいっぱいになったか？」

「は、はい。私ばかりじゃなく、グレ様も食べてください。はい、今度は私が食べさせて上げます」

アリアドネがスープを掬ったスプーンをグレゴワールの口元に運んだ。

スプーンを咥えたグレゴワールは、そのままアリアドネの手首を掴んだ。

「あ」

スプーンから口を離したグレゴワールは、そのままぺろりとアリアドネの手の甲を舐めた。

「ひゃん、くすぐった……ぃ」

グレゴワールはぺろぺろとゴルゴンみたいにアリアドネの手指を舐め回す。そして色っぽい目つきで見つめてくる。

「私はスープより、あなたを食べたい」

アリアドネはかあっと身体が熱くなった。

「ま、ま、またそういうはしたないことを……」

たじたじになっているうちに、グレゴワールはアリアドネの手首を引き寄せ、身を乗り出してテーブル越しにキスをしてきた。

「んん……」

唇をぬるっと舐められて甘い疼きにぴくんと肩が竦んだ。

「甘い、あなたの唇は熟れたさくらんぼのように甘い」

「そ、それは、蜂蜜のせいです……」

「もっと味わわせてくれ」

グレゴワールが立ち上がり、テーブルを回ってアリアドネの前まで来ると、跪いた。

そしてアリアドネの部屋着の腰紐《こしひも》をするりと解く。はらりと部屋着の前合わせが開き、素肌がのぞいてしまう。そのまま部屋着を毟り取られた。部屋履きも足から取り除かれた。

全裸で椅子に座る形になり狼狽《うろた》える。

「や、なにするんですかっ」

「じっとして。これから私が食事をするのだから」

「え？」

ぽかんとしていると、グレゴワールは卓上の蜂蜜壺を取り上げ、アリアドネの胸元にたらたらと滴らせた。

「きゃっ」

とろりと黄金色の蜂蜜が乳房から腹、下腹部へと流れ落ちた。その生温かな感触が妙に性的で心臓がドキドキする。

「やだ、ベトベトになっちゃう」

「しぃ――」

グレゴワールはアリアドネの太腿からほっそりした脚にもまんべんなく蜂蜜を滴らせた。

「さあ、真っ白でふわふわのあなたにたっぷり蜂蜜をかけたぞ」

グレゴワールが満足そうに言う。そして、アリアドネの片足を持ち上げ、膝からふくらはぎにかけてゆっくりと舌を這わせた。丁重に蜂蜜を舐め取っていく。

「あっ」

踝《くるぶし》、踵《かかと》まで舐め回し、アリアドネの小さな足指を咥え込んだ。

「や、だめ……そんなところ……ぁ」

ぬるぬると足指の間を舐められ、不可思議な感触に戸惑う。ちゅうっと音を立てて足指を吸い上げられたり舐め回されたりしているうちに、背徳的な行為に淫らな気持ちが掻《か》き立てられる。

足の裏まで舐められ、擽ったさに身を捩って、足を引こうとした。

「ふふっ、やだ、くすぐったい……」

「動かないで」

グレゴワールが足を引き戻し、熱い舌で足裏を舐め続ける。

「んん、あ、や、め、あ、あぁ」

擽ったさがやがて震えるような性的刺激に変わっていく。

顔を背け目をぎゅっと閉じてじっと耐える。

足指と足裏を舐め終わったグレゴワールの舌は、ゆっくりと上に上がってきた。

膝から太腿まで丁重に舐め上げられ、彼の顔が秘められた部分に接近してくる。

アリアドネは息を詰めて次の刺激を待つ。

だが、ふいっと舌が離れ、今度は反対側の足を持ち上げられた。

そして、同じように指先から咥え込まれ、舐め回される。

「んふ、ん、んん……」

アリアドネは声を噛《か》み殺《ころ》して淫らな疼きに耐えた。

再び太腿まで舐め上げてきたグレゴワールが、顔を上げてこちらの表情を窺う気配がする。

「顔が赤いね。気持ちよくなってしまった？」

「な、なってませんっ」

つんと顎を反らせて答える。だが次の瞬間、

「ひあっ？　あっ？」

いきなりグレゴワールが乳首に吸い付いてきたので、甲高い声を上げてしまった。

「甘い、あなたの肌はどこもかしこも甘い」

グレゴワールはちゅっちゅっと音を立てて左右の乳首にキスをし、乳首の周りの蜂蜜を舌で

舐めとっていく。

「っ、そ、そんな、の、蜂蜜の、せぃ……ぁ、ああ……ん」

時折強く肌を吸われたり、凝り始めた乳首を甘噛みされたりすると、じんじん鋭い刺激が走って、鼻声を我慢できなくなってしまう。

アリアドネの反応を楽しむように、グレゴワールはじっくり時間をかけて肌にまとわりつく蜂蜜を舐め取っていった。

横腹を舌で擽り、臍《へそ》の穴まで舌先が舐め回す。彼の舌が触れる部分が、全部熱く燃え上ってくる。

「あ、ぁ、やめ……て、グレ様……も、やめ……」

こんなふうに全身を舐められたのは初めてで、恥ずかしいやら興奮するやらで、アリアドネは居ても立ってもいられない気持ちになる。

下腹部がつーんと甘く痺れ、もじもじ尻が揺れた。

しかも、グレゴワールはわざと肝心な部分を避けて舐めていくのだ。

椅子の上で身体の向きを変えさせられ、背中まで舐められる。

「あぁん、そこには、蜂蜜、ないですからぁ……」

肩甲骨の間を舌が這うと、背中がゾクゾク震えた。

背骨に沿って、お尻の上の窪《くぼ》みを舌が抉るように突くと、びくびくっと膣壁が戦慄いた。

「はあああぁっ」

子宮に直に響くような淫らな刺激が走った。

「おや、こんなところも感じやすいのだね。あなたの新しい性感帯を見つけたな」

グレゴワールは嬉しげな声を出し、その窪みを集中的に舐めてくる。

「ひゃうっ、あ、だめ、そこ、もう、舐めないで、あ、あぁ、やぁ、やぁあっ」

アリアドネは腰をびくんびくんと浮かせて甘く啜《すす》り泣いた。

自分では見えない小さな窪みが、こんな快感を生み出すなんて。

「も、もう、やだ、やだぁ、そこ、やだぁあ」

感じすぎて媚肉の奥がきゅんきゅん収斂し、勝手に快楽を拾い上げてしまう。

「可愛いね、そんな声を出されたら、やめられない」

グレゴワールは再びアリアドネの身体を前に向かせ、両足の間に顔を埋めてきた。彼の吐息が股間にふうっとかかるだけで、子宮の奥がじーんと甘く痺れる。

濡れた舌が花びらの合わせ目の小さな尖にぬるっと触れた瞬間、激烈な愉悦が背骨から脳芯まで駆け抜けた。

「ひ、あああぁ、ああああぁあっ」

軽くひと舐めされただけで、焦らされきっていたアリアドネは達してしまったのだ。

グレゴワールはぱんぱんに充血した秘玉の周りを円を描くように舐め回したり、花芯を唇で咥えて柔らかく吸い上げたりと、アリアドネの身体の芯に蕩けるような快感を送り続ける。

「んんぅ、く、あ、いやぁ、あ、だめ、も、だめ、そんなにしちゃ……ぁ」

陰核を嬲ろになぶりながら、グレゴワールは綻び切った花びらのあわいに長い指を潜り込ませてきた。

「んあっ、あ、あ、指……ぁ、あぁ、あああ」

指先が慣れた動きでアリアドネの感じやすい部分をまさぐってくる。濡れそぼった蜜壺の中を焦らすようにゆっくりと硬い指がうごめく。

アリアドネの身体の隅々まで把握しているグレゴワールは、臍の裏側あたりのぽってり膨らんだ天井をそっと指で押し上げてきた。同時に、尖り切った雌芯を濡れた舌で捏《こ》ね回した。

痺れるような快感と思苦しいほどの愉悦が同時に襲ってきて、アリアドネは身悶えながら両手でグレゴワールの髪の毛をくしゃくしゃに掻き回した。

「あっ、やだ、そこっ、あ、だめ、あ、ぁあ、あ、だめ、達っちゃ……あ、で、出ちゃうっ……で、るぅっ」

瞼の裏が絶頂の閃光で真っ白に染まり、ぎゅうっと締まった媚肉がふいに力が抜け、じゅわっと大量の愛潮を噴きだした。グレゴワールはなんのためらいもなく、溢《あふ》れ出る淫潮を啜り上げた。

「は、あ、あぁ、あ……はぁ、あ……」

この頃はあまりに感じすぎると、こんなふうに大量の潮を噴いてしまう。

初めて潮を噴いた時には、粗相をしたのかとひどく取り乱してしまった。けれど、グレゴワールが女性の身体が性に成熟して感じすぎると、このように潮を溢れさせるのだと教えてくれた。

官能の悦びが深まることは嬉しいけれど、やっぱり潮を噴くことの恥ずかしさはなかなか払拭できない。

まだ最初の絶頂に余韻にぼんやりしていると、グレゴワールは指を二本に増やして、くちゅりと隘路の奥へ押し入れてきた。

「あっ？　あ、あ？」

指の抜き差しが速くなり、くちゅくちゅと愛液が弾ける恥ずかしい音が立つ。

子宮口まで突き上げられるようで、熟れた内壁は再び快感を拾い上げてしまう。

「あ、やだ、あ、も、もう、達ったからぁ、だめぇ」

アリアドネはいやいやと首を振ったが、グレゴワールは聞く耳を持たず、指の動きを速めていく。

「はぁ、は、だめ、あ、また……また、またあっ」

グレゴワールの指は官能の源泉を的確に捉え、狙いすましたように感じやすい部分を刺激してくる。

アリアドネはあっという間に上り詰めた。

「だめだめぇ、あ、また、またぁ、達っちゃうぅ、うううっ」

両足がぴーんと突っ張り、全身が強張ってくる。

グレゴワールが指をカギ状に曲げて子宮口の手前あたりをぐぐっと押し上げると、アリアドネは甲高い嬌声を上げて再び達してしまう。

「やぁあ、あ、あ、もう、いやぁ、あ、ぁあぁあ」

じゅくじゅくと透明な愛潮が断続的に噴き零れた。

グレゴワールがじゅるじゅると卑猥な音を立てて、大量の愛潮を啜り上げる。

「はぁ、は、あ、ぁ、あぁ……うぁあ」

強烈すぎる快感は苦痛にも近い。

グレゴワールはゆっくりと顔を上げた。

「すごいね、何度も潮を噴いたね。こんなに感じやすい身体になって」

アリアドネは息を乱しながら、しゃくりあげた。

「うう、ひっく……ひどい、ひどい……こんなにして、ひどい……」

一人であられもなく乱れてしまい、恥ずかしくて両手で顔を覆ってすすり泣く。

グレゴワールはゆっくりと指を抜き取り、アリアドネに身体に部屋着をかけて包むと、身体を優しく抱きしめた。そして、慰撫《いぶ》するように背中を撫でる。

「可愛い。潮を噴いて何度も達してしまうあなたが、可愛い。恥ずかしがって泣いてしまうあなたも可愛い」

　そっと両手で顔を覆っていた手を外され、涙でぐしゃぐしゃの顔にキスをされる。

「愛している、アリアドネ」

　アリアドネは目を開いて、目の前で笑みを浮かべている端整なグレゴワールの顔を見つめた。

　いつからこんな柔らかな表情を浮かべるようになったのだろう。

　初めて出会った時の、いかつく冷酷そうな顔立ちがもう思い出せないくらいだ。

「――どんな私でも、嫌いにならない？」

「なるものか。あなたのなにもかもが愛おしくて、可愛い」

　その言葉が胸に染みて、アリアドネはにっこりする。

「嬉しい……好き、グレ様」

「ふふ、すぐ機嫌が直るところも、可愛いな」

　からかい気味に言われ、ぷっと頬が膨らんだ。

「単純って、言いたいんですか？」

「素直で好ましいと言ったのだ」

「グレ様は意外に口がうまいから」

「あなたの前だけ、饒舌《じょうぜつ》になるんだ。知らないのか？　愛は人をおしゃべりにさせるんだ。まあなたは、普段からよくしゃべるがな」

「うわ、ひどいっ」

二人は顔を見合わせ、くすっと笑い合う。

おでこをくっつけて、鼻先を擦り合わせ、くすくす笑い続けた。

笑いの合間に啄ばむようなキスを繰り返す。

やがて、グレゴワールが表情を正した。

「アリアドネ、あなたにだけ大切な話をしたい」

「はい、なんでしょう」

「あなたは、私の大切な伴侶だ。これからもずっと。だから、喜びも悲しみもすべてをあなたと分かち合いたいと思う」

「はい」

「だから、私に力を貸してくれるか？　少しばかり、重い頼みになる」

これまで、グレゴワールがアリアドネになにか頼みごとをしたことはなかった。

彼はいつだって大切な問題は自分一人で解決していた。アリアドネには、常に美しいものの優しいもの汚れないものだけを与え、見せようとしていた。

それが、今初めて協力を求められた。

本当に対等の夫婦になれたようで、アリアドネは感動で胸が熱くなる。

涙を拳で拭って、キッと顎を引く。

「いくらでも。私にできることなら、なんでもします、グレ様」

グレゴワールが満足げにうなずく。

「では、まず浴室でべとべとのあなたを洗ってあげることからだな。話はそれからだ」

ひょいと横抱きにして持ち上げられる。

そのまま浴室へ歩き出したグレゴワールに、アリアドネは慌てて言う。

「ひ、ひとりで洗えますっ。グレ様とお風呂に入ると、ぜったいにいやらしいことをするんだから……」

グレゴワールはニヤリとする。

「それはまるで、いやらしいことを期待しているようではないか」

「ち、違いますっ」

「ふふ、どうかな？」

そのまま浴室に運ばれてしまった。

そして、やっぱりアリアドネの予想通りになってしまうのである。

数日後、アリアドネはゴルゴンとお供の侍女を伴い、城と地続きに建っている兵舎に赴いた。

馬の下敷きになったクラッセン少尉が、背中を少し痛めて自室で療養していると聞いたのだ。

彼の部屋の扉をノックして入っていくと、奥のベッドで上半身だけ起こしてなにかぼんやりと考え事に耽っていたクラッセン少尉は、目を丸くした。

「あっ？　皇妃様？」

「お加減はいかがですか？」

クラッセン少尉は、慌ててベッドから下りようとした。

「ああ、そのままで。どうか寝ていてください」

アリアドネがそれを押しとどめる。

「しかし――」

「いいのよ、私が勝手にお見舞いにきたのだもの」

アリアドネが目配せすると、侍女は持参してきた果物の詰まった籠をベッドの脇の小卓の上に乗せた。

「新鮮な果物は身体にとてもいいと聞いたの。これを食べて、早く良くなってくださいね」

「皇妃様――」

クラッセン少尉は感に堪えないという表情になる。

「具合はどうかしら？」

「あと二、三日もすれば、通常勤務に戻れるそうです」

「ああよかった。あなたはグレ様の右腕ですもの。それに、私の命の恩人だわ。あの時、とっさに暴れ馬から私を守ってくれたでしょ？　ほんとうに勇敢だったわ。ありがとう」

クラッセン少尉は顔を赤らめてうつむく。

「過分なお言葉です」

アリアドネはにこやかに言葉を続ける。

「それでね、クラッセン少尉。グレ様と私の結婚式が、急遽来月に繰り上げられたの」

「は、そう伺っております」

「でね、お城の大聖堂でお式を挙げるのだけれど、その先導役をあなたに頼みたいの」

クラッセン少尉は顔を上げた。

「私などに――」

「ううん、あなたに頼みたいの。初めてこの国に来た時にも、あなたは私たちの馬車を先導してくださった。あなたにふさわしいお役目だわ」

「ですが――」

クラッセン少尉は視線を泳がせ、少し迷うふうだった。

「ね、お願い」

「承知しました。皇妃様のお頼みならば、不肖私が引き受けさせていただきます」

アリアドネは白い歯を見せた。

「ああ、よかった。どうか頼みますね」

「は」

アリアドネは澄んだすみれ色の瞳で、彼をまっすぐ見る。

「あなたのこと、信じています」

「――は」

「あんまり長居しては、あなたの身体によくないわね。では、失礼するわね」

「は」

アリアドネは終始笑顔を絶やさず、クラッセン少尉の部屋を後にした。

扉が閉まった途端、アリアドネははーっと大きく息を吐いた。

「ああ、緊張したぁ」

この役目は、グレゴワールが頼んできたのだ。

アリアドネはドアを振り返り、心を込めてつぶやく。

「信じているわ、少尉」

第六章　結婚式の日

翌月の最初の休日。

グレゴワールとアリアドネの公《おおやけ》の結婚式が、大聖堂にて華々しく執り行われることが決定した。結婚の誓いを立てた後には、首都の大通りを豪華な屋根無し馬車でパレードして、民たちに皇妃アリアドネの姿を披露する段取りになった。

予定を繰り上げての結婚式の準備に、このひと月は城中の者たちがてんてこまいであった。

だが、あまりにも仲睦まじいグレゴワールとアリアドネの姿に、誰もが幸せな気持ちになり、なんとしても結婚式を成功させようと意気込みを新たにしたのだ。


「アリアドネ、式の時間が迫ってきたぞ」

昼前、化粧室に大股でグレゴワールが入ってきた。

ちょうど姿見の前で最後の着付けを終えたアリアドネは、ゆっくりと振り返る。

「グレ様、支度は整いました」

「おお」

グレゴワールは感嘆のため息を漏らした。

アリアドネは、羽のように軽い純白のモスリンを薔薇の花のように幾重にも重ねてふんわりさせたウェディングドレスを身に纏っていた。長く裾を引く透けるレース素材のヴェールを被り、天使のように無垢で愛らしく美しい。

一方で、グレゴワールも純白の軍服風の礼装に身を包み、腰には飾り用の金のサーベルを刺して、見るからに颯爽としている。

近づいてきたグレゴワールは、白手袋に包まれた手を差し出した。

「世界で一番綺麗な花嫁だ」

アリアドネは自分の片手をその手に預け、頬を染める。

「グレ様も、世界一、ううん、宇宙一格好いい花婿様です」

二人はニッコリ笑い合う。

「まあまあ、ほんとうにお似合いのお二人で、お幸せそうで」

着付けを手伝ったエメリアが、涙ぐんで喜んでいる。

そこへ、軍服姿のクラッセン少尉が入り口で居住まいを正して敬礼した。

「陛下、皇妃様、式のお時間になりました。私が城内の大聖堂までの先導を務めさせていただきます」

「うむ、では行こうか」

「はい」

二人はクラッセン少尉の後から、しずしずと歩き出した。

大聖堂は、国内外から招待された貴賓でぎっしり埋め尽くされているだろう。

一歩一歩進みながら、アリアドネは緊張を隠しきれない。

グレゴワールが励ますようにぎゅっと手を握ってくる。

「落ち着いて、アリアドネ。すべては打ち合わせ通りにすればいい」

「は、はい」

アリアドネはゴクリと生唾を呑み込み、心の中で落ち着け落ち着けと自分に言い聞かせた。

大聖堂へ向かう皇帝専用の廊下を進みながら、グレゴワールがちらりと背後を伺う。

「クラッセン、他の付き添いや護衛の者たちが見当たらないが」

「——」

クラッセン少尉は突然、無言で足を止めた。

そして、背中を向けたまま低い声で言う。

「誰も来ません。彼らには間違った道筋を伝えました。今頃は、お二人を見失い右往左往しているでしょう」

「なに？」

グレゴワールが眉を顰めた瞬間、クラッセン少尉はすらりと腰の剣を抜き、こちらに向き直った。

いつもの忠義で穏やかな表情が、別人のように歪《ゆが》んでいた。

「陛下、お命頂戴する」

「！」

グレゴワールはアリアドネをとっさに背中に回し、一歩後ろに下がった。腰のサーベルに手をかける。

クラッセン少尉が口元を引き攣らせるようにして笑う。

「結婚式の礼装のサーベルは、金メッキの飾り物。戦いに使えない。私は、この機をずっと待っていた」

アリアドネが青ざめて叫ぶ。

「クラッセン少尉、どうしたの？　忠臣のあなたが、なにを血迷ったの？」

クラッセン少尉は油断なく剣を構えながら、わずかに気持ちのこもった声を出した。

「皇妃様。あなたにはなんの恨みもない。お心優しいあなたに、害は加えたくない。陛下から離れてください」

グレゴワールがアリアドネに目配せする。

「あなたは逃げろ」

アリアドネは一歩も動かなかった。

「いやよ、私はグレ様の妻ですもの。なにがあっても一緒だわ！　お願い、クラッセン少尉、なぜ急にこんな暴挙を？　なぜ？」

クラッセン少尉はじりじりと間を詰めた。

「十五年前、反皇帝派が一掃された。私はその首謀者の一人の息子だ」

低く地を這うような声だ。

「っ！」

アリアドネは息を呑む。

「孤島に流刑された父は、そこで自死した。さぞや無念であったろう。反逆者の汚名を着せられた我が家は崩壊した。少年だった私は、名前を変えて軍隊に潜り込み、密かに復讐《ふくしゅう》の機会を狙っていたのだ。幸いにも陛下付きの臣下に抜擢《ばってき》されたものの、陛下はさすがにまったく隙を見せなかった。随分と待たされたものだ」

グレゴワールは背中でアリアドネを庇《かば》いながら、鋭い眼差しでクラッセン少尉を睨んでいる。

「先日の私の馬が突然暴れたのも、お前の仕業だな？　獣医の報告で、興奮する薬を盛られていたことが判明している」

クラッセン少尉が忌々しげに言う。

「陛下は皇妃様とご一緒の時にだけ、わずかに気を緩められる。あの時が好機だと思ったのだになった」

「その通り。結婚式ではあなたも武装を解く。なにより、皇妃様に夢中のあなたは、隙だらけ

「それで、結婚式のこの先導の時が千載一遇と踏んだわけだな？」

が、失敗した」

　クラッセン少尉はさらに詰め寄る。グレゴワールはじりじり後ろに下がる。

　グレゴワールは冷静に言った。

「考え直せ。お前は優秀な騎士だ。気持ちを改めるのなら、今なら禁固刑で済ますぞ」

　クラッセン少尉が苦笑する。

「反逆者を許せるわけがあるか、おためごかしを言うな！」

　彼は剣を構え直すと、襲いかかろうとした。

　直後、グレゴワールがさっと腰のサーベルを抜く。

　それはまがい物の金張りではなく、鋭い鋼の剣であった。

　グレゴワールはクラッセン少尉が振り下ろした剣を、見事に払い退けた。

「⁉」

　驚愕《きょうがく》した表情で、クラッセン少尉は後ずさりした。

「なぜ、戦闘用の剣を⁉」

　グレゴワールは油断なく剣を構えながら、静かに答えた。

「私は最初からお前の出自を知っていて、ずっと私の側で監視していたのだ」

クラッセン少尉は驚愕して目を見開く。

「っ！　ずっと、私の正体を知っていたと⁉」

「そうだ――わざと私付きの下士官に任命したのだ。その方が、お前の動きを追えて逆に安全だからな――暴れ馬の件でしくじったお前が、この結婚式で仕掛けてくるだろうと、私は予想していた。だから、アリアドネにも事情を話し、先導役を彼女に頼みに行かせた。アリアドネが出向く方が説得力もあり、お前は好機だと飛びつくだろうと踏んだのだ。だから、私は武器を携帯してきた」

「くそぉ――！」

クラッセン少尉の顔色が青ざめる。

「では――もしかして、この先の大聖堂には――」

グレゴワールがうなずく。

「お前を逮捕するために兵士たちが待機している。ほんとうの結婚式は、午後から首都の大聖堂で行う予定だ。お前にだけ、偽の情報を与えたのだ。私の合図一つで兵士たちが突入してくるぞ。大人しく武器を捨てるんだ」

わなわなと剣を握るクラッセン少尉の手が震える。

「おのれ――ではずっと、反逆者の私のことを内心で嘲笑《あざわら》っていたのだな！　無念だ」

やにわにクラッセン少尉は剣先を自分の喉元に突きつけた。

「無念と恨みを抱いたまま、ここで自害する！」

「やめて！」

ぱっとアリアドネが前に飛び出そうとした。

グレゴワールがとっさに彼女の腕を捕まえて引き戻す。

「止めるな、アリアドネ！」

アリアドネは腕を振り解《ふほど》こうとする。

「いいえ、いいえ、止めます！　少尉、事情はすべてグレ様から聞かされていました。あなたが陛下を恨んでもしかたないかもしれない。でもでも、ずっと陛下のお側で忠実に仕えていたあなたの姿に、嘘はなかったはずです！」

真摯なアリアドネの口調に、クラッセン少尉はわずかに手を止める。

「あなたは忠義を尽くす騎士だったわ。それが全部演技なの？　私にはそうは思えない。きっと、あなたはグレ様にだんだん魅了されていったんだわ。ぜったいそう。だって側にいれば、グレ様がどんなに立派で清廉な方か、わかるはずだもの」

グレゴワールがアリアドネを引き寄せる。

「やめなさい、アリアドネ！」

アリアドネは涙目でキッとグレゴワールを睨んだ。

「グレ様、あなただって少尉を大事に思ってらしたはず。だって、だって、あの時、命がけで少尉を馬の下からお救いになったじゃありませんか！　憎い人間に、とっさにあんな行動はできないわ！」

「――」

グレゴワールは感じ入った表情になり、言葉を失う。

アリアドネはクラッセン少尉に顔を振り向け、心を込めて話しかけた。

「私はあなたが好きよ、少尉。お願い、もう憎悪で生きることはやめて。悲しすぎるわ。ね、人生は変えていけるわ。罪を償い、生き直してちょうだい！」

クラッセン少尉の声が震えた。

「皇妃様――」

アリアドネの頰に涙が伝う。

「私だって、小国の二十二番目のみそっかすの王女だった。でも、グレ様に出会って心から好きになって、私の人生は大きく変わったわ。こんなにも誰かを愛せるなんて、知らなかったもの。少尉、あなたにだってきっと、そういう人が現れるわ。お願い、死なないで。憎まないで。お願いよ！」

アリアドネは真摯な眼差しでクラッセン少尉を見つめた。

クラッセン少尉は、がっくり首を垂れた。

「皇妃様──私もあなた様には深い尊敬の気持ちを抱いております。あなた様に懇願されて、どうして拒むことができましょうか」

彼はがしゃんと床に剣を取り落とすと、ゆっくりと跪いた。

「──陛下、皇妃様。お二人の晴れの日に、疵《きず》をつけてしまったことを謝罪します。陛下、どうぞ、私を逮捕してください」

グレゴワールが素早く口元に手を当て、指笛を吹いた。

おもむろに大聖堂の扉が開き、武装した兵士たちが飛び出してきた。

彼らは電光石火の速さでクラッセン少尉を取り囲んだ。

クラッセン少尉は抵抗するそぶりを見せなかった。

両腕に縄を打たれたクラッセン少尉に、グレゴワールが声をかける。

「償え、クラッセン。私はいつまでもお前の更生を待つ」

クラッセン少尉がハッと顔を上げ、はらはらと落涙した。

「──陛下。命を救っていただき、感謝します」

アリアドネは感無量で二人のやりとりを見ていた。

と、やにわにグレゴワールがアリアドネの腕を掴む。

「急ぐのだ、アリアドネ。首都の大聖堂で、本当の結婚式を挙げねばならぬ」

「あっ、そうだったわ」

　グレゴワールは元来た廊下を逆走し始めた。

「門前で馬車が待機している、急げ」

「あ、あ、待って、ハイヒールが……走れない……」

「ええい」

　おたおたしていると、グレゴワールがさっとお姫様抱っこしてそのまま走り出した。

　走りながらグレゴワールが非難めいた声を出す。

「あなたが演説を始めるから、予定より時間がかかってしまったではないか」

「演説って……」

「打ち合わせでは、あなたは無言で後ろに下がるはずだろう?」

「だって、我慢できなかったわ。あのままクラッセン少尉を自害させるなんて、グレ様は鬼か悪魔ですかっ」

「愚か者。自害などさせぬわ。直前でクラッセンの剣を奪い取るつもりだったのだ——それが、長々と——」

「結果的には、うまくおさまったわ。暴力より真摯な言葉です」

「偉そうに——」

「皇妃ですもの、偉いのよ」

「ああ言えばこう言う——ずいぶんと生意気になったな」

二人が言い争っていると、向こう側の扉がパッと開き、エメリアが大声で促す。

クラッセン少尉逮捕の計画は、侍女たちにも周知させてあったのだ。

「夫婦喧嘩《げんか》は後にしてください。お急ぎください！　馬車が出てしまいますよ」

二人は口をつぐんで、顔を見合わせて赤面した。

二人が乗り込むや否や、馬車は最速の勢いで走り出す。

向かい合って座った二人は、呼吸を整えた。

「ふぅーっ、間に合いそうですね」

ため息をついて笑顔を浮かべるアリアドネに、グレゴワールが口惜しげに言った。

「アリアドネ――私はクラッセン少尉のことを気に入っていた。彼が恩讐《おんしゅう》を超えて、ずっと私に仕えてくれたらよかったと、本気で思った。無念でならない」

アリアドネは手を伸ばし、膝の上で硬く握り締めているグレゴワールの拳にそっと触れた。

「わかります。グレ様とクラッセン少尉は、立場こそ反対でも同じように痛ましい子ども時代を送ってこられた。互いに通じ合う部分がきっとあったのです」

グレゴワールは拳を解き、アリアドネの手をぎゅっと握った。

「あなたは、成長したな」

アリアドネは頬を染めた。

「グレ様のおかげです」

グレゴワールはしみじみ言う。

「私も、あなたのおかげで人生が変わった——私の暗黒の人生に、あなたは眩しい光を差し込んでくれた。愛している。これからもずっと、共に生きよう」

「はい、ずっと。愛しています」

二人は気持ちを込めて見つめ合った。

そして、どちらからともなく唇を寄せ、重ねた。

馬車の外からは、沿道を埋め尽くす民たちの歓喜と祝福の声が絶え間無く聞こえてきた。


ギリギリで、二人は結婚式の時間に間に合った。

大聖堂の扉が開くと、グレゴワールとアリアドネがしずしずと入場する。

司祭の待ち受ける祭壇への通路には真っ赤な絨毯が敷かれてあった。その両脇に、満場の招待客たちが直立して拍手をしながらこちらを見ている。

一歩一歩歩みを進めながら、アリアドネはヴェール越しにそっと招待客たちの顔を見る。その時、最前列の席で拍手をしている人々を見て、ハッとした。

兄王子アポロを始め、二十一人のアリアドネの兄姉たちが勢揃《せいぞろ》いしていたのだ。

アリアドネは思わず隣のグレゴワールの視線を捕らえた。

グレゴワールが優しくうなずく。

バンドリア帝国は守りが堅く、決して外国の皇族王族を国内に招き入れることはなかったのだ。何か条約を結ぶ時でも、国境線で執り行うことが通例であった。

それなのに、モロー王国の親族を招待してくれたのだ。

思いがけない喜びに、アリアドネは涙ぐみそうになる。

「ありがとう、グレ様……」

小声でささやくと、グレゴワールは素知らぬ顔で前を見たまま答えた。

「あなたの親族は、私の親族だ。大事にしない理由はない」

「ううぅ……」

堪えていた涙が溢れてくる。

グレゴワールがそっと背中に手を添えて、励ますように撫でてくれる。

その微笑ましい二人の姿に、さらに拍手が高まるのだった。

かくして、満場の来客が見守る中で、グレゴワールとアリアドネは首都の大聖堂で結婚の誓いを交わした。

宣誓の後、白馬に引かれた金色の無蓋馬車に乗り、皇帝夫妻は首都の大通りをパレードした。

幸せに顔を輝かせているアリアドネの無垢な美しさに、誰もが魅了された。

威厳に満ちた少し近寄りがたい美貌のグレゴワールに、ふんわりと明るい空気を纏った天使のようなアリアドネが寄り添うと、互いの美点がさらに引き立ち、正にお似合いの夫婦であった。

夜には、招待客を招いての披露宴、そして舞踏会。

グレゴワールとアリアドネは、引きも切らない招待客たちの挨拶の相手に追われ、ろくに食事も会話もできないままだった。

すべての式典が終了したのは、深夜三時を回っていた。

グレゴワールは舞踏会の最後の挨拶を終え、にこやかに笑うアリアドネと連れ立って会場を出た。

背後で扉が閉まった瞬間、腕の中にがっくりとアリアドネが倒れ込んだ。

「アリアドネっ」

グレゴワールが慌てて抱き寄せると、彼女は腕の中ですうすう安らかな寝息を立てていた。

「やれやれ――ほんとうに、どこでもよく寝てしまう乙女だ」

グレゴワールは苦笑する。

目まぐるしい一日だった。

二人で力を合わせてクラッセン少尉の謀略を防ぎ、そのまま結婚式に突入したのだ。

終始明るく笑顔を絶やさなかったアリアドネだが、もはや気力の限界を超えていたのだろう。

なんと健気だろう。

グレゴワールは軽々とアリアドネの身体を横抱きにした。

周囲の侍従や侍女たちに、厳しい声で言う。

「これより新床に入る」

その場にいた者全員が、かしこまって頭を下げた。

グレゴワールは大股で、自分の私室へ向かう。

腕の中の柔らかく息づく肉体が愛おしくてならない。

華奢で今にも折れてしまいそうなのに、この小さな身体に溢れるばかりの生命力と熱量を持っている。命が輝いている。

「愛している、私のアリアドネ」

もしかしたら、大事な新床の今夜を、アリアドネは寝過ごしてしまうかもしれない。

だが、好きなだけ寝かせてやろう。

そして、朝目覚めた時に、彼女がどんなに焦ってぶうぶう文句を言うか想像すると、もうそれだけでグレゴワールはわくわくして笑みが浮かんでくる。

わくわく――。

そうだ、この国に嫁いで来た当初、アリアドネはそう言っていた。

わくわくすると。

その時には子どもっぽいと呆れたものだが、今ならグレゴワールにもその気持ちが理解できる。
アリアドネと一緒の人生は、これからもきっとわくわくするだろう。
かけがえのない、唯一の恋人。
唯一の伴侶。
「愛している。愛しているぞ」
何度もグレゴワールはアリアドネの耳元でささやいた。
ぐっすりと夢の世界にいるアリアドネは、幸せそうに微笑んでいた。

最終章

結婚してからのグレゴワールは、他人に対し随分と寛容になり穏やかな人間に変わっていった。

「氷の皇帝陛下」とあだ名されていたグレゴワールは、いつしか「太陽の皇帝陛下」と呼びなわされるようになったのだ。

仲睦まじい皇帝夫妻は、五男六女の子宝に恵まれた。

どの皇太子も皇女も両親によく似た美しく賢い子どもたちであった。

グレゴワールは終生アリアドネ一人だけを妻として愛した。皇帝の皇妃への溺愛ぶりは巷《ちまた》で詩や歌になるほど有名であった。

特に「二十二番目のみそっかす王女が見初められた」という恋歌は、後々の世まで人々に愛され口ずさまれるようになる。

皇帝夫妻は末長く慈しみ合った。

高齢になったグレゴワールが静かに息を引き取った二年後、アリアドネも後を追うように崩御した。
その後もバンドリア帝国は大いに栄え、発展したのである。

あとがき

こんにちは！　すずね凜です。

今回の「冷徹軍人皇帝の一途な純愛 みそっかす姫はとろとろに甘やかされてます」は、いかがだったでしょうか？

身分差、年の差、体格差、などにこだわったお話です。

ヒロインがとても愛らしく描けたと、自負しております。

このお話の最後の方に、ヒロインがヒーローにどれほど愛されたかが、巷で詩や歌になって語り継がれ、その中でも、「二十二番目のみそっかす王女が見初められた」という恋歌が特に好まれたというくだりがあります。

実は、この恋歌を私は考えてありました。

それでは聞いてください、「二十二番目のみそっかす王女が見初められた」の歌です（笑）

「小さな王国の二十二番目の小さな王女
ある日　大国の冷酷な軍人皇帝と出会い　見初められた
『氷の皇帝陛下』を誰もが恐れた

でも　小さな王女は怖がらない
王女はほほえむ
王女は光り輝く
氷が溶ける
氷が溶けていく
皇帝陛下は王女を愛した
皇帝陛下は王女を溺愛した
いつしか　皇帝陛下も輝き出す
二人は幸せな結婚をした
光は国中を明るく照らした
大国は太陽の国になった」

こんな感じです。

きっと吟遊詩人なんかが、国々を渡り歩いては恋歌を広めていったのではないでしょうか。

恋歌といえば、日本にも古来から和歌などに多く詠まれています。

日本最古の和歌集「万葉集」にも、恋歌が数多あります。

有名なのは、日本最古の三角関係を詠ったと言われる和歌たちです。

宮廷の美女の誉れ高い額田王。兄弟である大海人皇子（天武天皇）と中大兄皇子（天智天皇）二人が、彼女を愛したのです。

額田王は、最初は弟の大海人皇子の妻でしたが、のちに兄の中大兄皇子の妻となります。

大海人皇子はずっと額田王に心を残していたのでしょう。

ある日、屋外での歌詠みの時に、額田王は大海人皇子に向かって歌を詠みます。

「あかねさす　紫野行き　標野行き　野守は見ずや　君が袖振る」

美しい野を行くあなたが、私に向かって袖を振るのを、番人に見られてしまいますよ、気をつけて
当時、袖を振るという行為は、愛の告白を意味していました。

これに対し、大海人皇子はこう返歌します。

「紫草の　にほえる妹を　憎くあらば　人妻ゆえに　我れ恋ひめやも」

美しいあなたを、人妻になった今でも恋しているのです
うおー、大胆！

「人妻」なんて言葉が千年前からあったのですね。

その上この歌会には、額田王の現在の夫の中大兄皇子が同席していたのです。

彼は自分の妻と元旦那が意味深な和歌をやり取りするのを、どのような気持ちで見ていたのでしょう。

なんてスリリングな三角関係ではないですか。

歌詠みの席の余興的なやり取りとも言われていますが、物書きの私など、いろいろな妄想が膨らんでしまいますね。

二人の皇子に愛される美女。

一作書けてしまいそうです。

いつの世でも、男女の仲はいろいろあるのですね。


さて今回も、編集さんには大変お世話になりました。原稿がぎりぎりになってすみません。

そして、麗しいイラストを描いてくださったすがはらりゅう先生にお礼を申し上げます。ヒロインがそれはそれは愛らしくて、イメージそのものです。

そして、読者様にも最大級の感謝を。今回は、和歌で締めくくりますか。

「瀬を早み　岩にせかるる　滝川の　われても末に　逢はむとぞ思ふ」

ぜひまたお会いしましょう！

すずね凜

没落令嬢は
不眠皇帝陛下の
抱き枕に
なりまして
すずね凜
Illustration 旭炬
いやらしいのにあどけない表情
――あまりに罪だ
祖父が反逆罪に問われたことで没落した伯爵家のフォスティーヌは遠縁の子爵家の養女となり静かに暮らしていたが、推薦により皇帝オリヴィエの身の周りの世話係の候補になり選ばれて彼の添い寝係になる。「口づけしていいだろうか？　あなたの唇は砂糖菓子みたいに甘くて、なんて心地よいのだろうね」一線は越えないと言いつつ彼女に甘く触れてくるオリヴィエ。密かに慕っていた皇帝の優しい誘惑に揺れ動くフォスティーヌは!?

笑わぬ公爵の一途な熱愛
押しかけ幼妻は蜜夜に溺れる
すずね凜
Illustration ウエハラ蜂
私は君を愛する運命と定められていたんだ
「お嫁さんにしてもらおうと、参上しました」幼い頃の約束を頼りに公爵ヘルムートを訪れたフロレンティーナ。約束は幼い少女を励ますための方便だったと彼女を追い返したヘルムートだが、皇帝に結婚するよう迫られていたと思い直し、一転して彼女を娶ることにする。「可愛い素直な身体だ。とてもいいね」何事にもひたむきなフロレンティーナに次第に惹かれ、溺
するヘルムート。だが彼の出世を妬む者が卑劣な罠をしかけて!?

皇帝陛下の溺愛花嫁
結婚三日前に
前世の記憶が蘇ったので
全力で旦那様を
お守りします
御厨 翠
Illustration Ciel
推しと結婚して
破滅フラグを全回避!!
公爵令嬢アルシオーネは皇帝ランベールとの結婚を前に毒殺されかけ、ブラック企業のＯＬだった前世を思い出す。身体は辛いが彼女は歓喜に震えていた。ランベールこそ前世愛読していた小説の推しキャラだったからだ。「そなたの頬は柔らかいな。唇はもっと柔らかかったが」政略結婚とはいえ彼に優しく扱われ淫らなキスをされてうっとりするアルシオーネ。か弱い身で彼を全力で守ろうとする彼女に、ランベールも心を動かされ!?

蜜猫 Mitsuneko Label

蜜猫文庫をお買い上げいただきありがとうございます。
この作品を読んでのご意見・ご感想をお聞かせください。
あて先は下記の通りです。

〒102-0075 東京都千代田区三番町 8 番地 1 三番町東急ビル 6F
(株)竹書房　蜜猫文庫編集部
すずね凜先生 / すがはらりゅう先生

冷徹軍人皇帝の一途な純愛
みそっかす姫はとろとろに甘やかされてます
2021 年 10 月 29 日　初版第 1 刷発行

著　者　すずね凜
発行者　後藤明信
発行所　株式会社竹書房
〒102-0075 東京都千代田区三番町 8 番地 1 三番町東急ビル 6F
email : info@takeshobo.co.jp
デザイン　antenna
印刷所　中央精版印刷株式会社